AF204007

Patagonische Passion

Stefan Asbeck

Roman

Impressum

© 2021, Stefan Asbeck

Autor: Stefan.Asbeck

Umschlaggestaltung: Diana Schulthes

Verlag & Druck: tredition GmbH, Halenreie 40-44, 22359 Hamburg

ISBN:

978-3-347-30146-7 (Paperback)
978-3-347-30147-4 (Hardcover)
978-3-347-30148-1 (e-Book)

Bibliografische Information der Deutschen Nationalbibliothek:

Die Deutsche Nationalbibliothek verzeichnet diese Publikation in der Deutschen Nationalbibliografie; detaillierte bibliografische Daten sind im Internet über http://dnb.d-nb.de abrufbar.

Inhaltsverzeichnis

Prolog

Die Gondel schwang auf und ab, schaukelte leicht hin und her, während weitere Passagiere zustiegen. Im Stimmengewirr dominierte die portugiesische Sprache, was in Rio de Janeiro durchaus üblich ist. Dicht gedrängt standen die Menschen; die Türen wurden geschlossen. Eingepfercht mit anderen neunundfünfzig Menschen stand Sr. Ernesto in einer Ecke mit Blick nach draußen. Natürlich beschlich ihn wieder einmal die Platzangst, aber er stellte fest, dass sein ausgewählter Ort wesentlich besser für die Seele sei als inmitten der Masse.

Die Fahrt zum Gipfel des Zuckerhutes von Rio war bezahlt und angetreten, es gab kein Zurück und musste wider alle Ängste überwunden werden.

Neben ihm standen zwei Ausflugspartner, die er beim Frühstück kennen gelernt hatte.

Nein-, so kann man die beiden nicht beschreiben. Sie waren eine Notlösung, keine Partner. Sr. Ernesto hatte eine recht erquickende Nacht hinter sich, danach ausgiebigst in der Badewanne geplanscht und sich in den Frühstückssaal des Hotels begeben. Als er zum zweiten Mal vom Buffet wiederkehrte, war am Nachbartisch hinter einer Palmengruppe ein kleiner Streit entbrannt. Sr. Ernesto schielte hinüber und erspähte ein Pärchen mittleren Alters. Gegenstand der noch leisen Diskussion war das zu absolvierende Tagesprogramm. Hierin unterschieden sich die Meinungen der beiden, so dass er sich beherzt dazu entschloss, sich einzumischen.

Er stellte sich zunächst freundlichst als der Herr vom Nachbartisch vor und bat um Entschuldigung, hier und jetzt die morgendliche Auseinandersetzung zu stören.

„Oh nein, Sie kommen gerade recht," entflog es der Dame. Ihr Partner schwieg.

„Sie müssen wissen, wir haben nur wenige Tage hier in Rio. Wir gehören zum Boden-personal von Alitalia (sie deutete auf den schwarz gelockten Partner) und Lufthansa in

Stuttgart und schöpfen gerade unseren jährlichen Freiflug aus. Haben Sie eine Idee, was wir heute unternehmen können?"

„Nein," entfuhr es sichtlich entnervt Sr. Ernesto, „ich kann Ihnen lediglich mein Programm nennen, das ich gedenke, heute zu bewerkstelligen,"

„Und das wäre?" fragte sie keck.

Sr. Ernesto entfloh ein Räuspern: „Nach dem zweiten Teil des Frühstücks, welcher hoffentlich genauso störungsfrei wie der erste ausfallen wird, gedenke ich ein Taxi rufen zu lassen, welches mich zur Talstation der Seilbahn zum Zuckerhut bringen wird. Der Fahrer wird warten und mich anschließend zur Gipfelfahrt des Corcovado einsammeln und dann wieder am Hotel absetzen, wo ich die Siesta zu verbringen plante."

Wieder ergriff die Dame das Wort: „Luigi, was sagst Du dazu?"

„Wozu?"

„Na, auf die beiden Berge bei dem schönen Wetter!"

„Gisela, in Brasilien werden pro Jahr 40.000 Morde begangen, und da willst du vor die Hoteltür treten? Lass` mich die italienische Presse in Ruhe lesen, danach gehen wir zum Pool und Bar auf der Dachterrasse und schauen von dort aus herunter und übermorgen geht es wieder heim, si?"

„Aber wir könnten den Typ vom Nachbartisch doch fragen, ob wir mitkommen dürfen, dann sind wir zu dritt!" zischelte sie unüberhörbar zu ihm und hinter seine Zeitung.

Nun schaltete Frau Gisela den erlernten Firmen-Charme ein und setzte ohne Luigis Antwort zur Verhandlung an:

„Sagen Sie Herr ...?,"

„Sr. Ernesto" entgegnete er

„Also Sr. Ernesto, wenn es Ihnen nichts ausmachen sollte, so würden wir Sie gern heute begleiten, was halten Sie davon, die Taxi-Kosten zu teilen? Wir zwei Drittel und Sie-, na ja -, Sie wissen schon."

Indigniert antworte jener: „Nein, von dem Plan erfahre ich erst jetzt."

Sr. Ernesto überlegte, welche Variante die bessere sei: Ein weiterer ruhiger Verlauf beim Frühstück, wobei sicherlich noch zwei bis drei Gänge zum Buffet vertretbar wären, am Nachbartisch herrschte ob der geklärten Tagestour dann Ruhe, Luigi liest seine Zeitung und Gisela schreibt Ansichtskarten, oder die entnervende Diskussion der beiden erfährt ihre Fortsetzung. Mit anderen Worten: Tour allein oder zu dritt?

„Na gut, Frau Gisela, geben Sie mir eine halbe Stunde oder sogar mehr für mein Frühstück, und die bitte in Ruhe, ich werde mich etwas frisch machen, während das Taxi gerufen und eintreffen wird. Dann unternehmen wir die Rundtour gemeinsam."

„Luigi, frohe Botschaft, der Tag ist gerettet!" Hinter der Zeitung war nur ein Brummeln zu vernehmen und es herrschte Ruhe für weitere Buffet-Gänge.

So zusammengewürfelt und gepfercht stand nun diese kleine Reise-Notgemeinschaft zusammen in der Gondel, die sich anschickte, unter ruckartigen Zuckungen Fahrt aufzunehmen.

Sr. Ernesto sinnierte darüber nach, dass es wohl keine gute Idee gewesen sei, am Vorabend noch ein Kino zu besuchen, in dem der Bondfilm mit dem Beißer auf dem Tragseil der Gondel sein übles Spiel trieb. Aber: Von nun an schwebte er nur noch aufwärts, die Panorama-Sicht über die Strände und das Meer ließ die Bedenken schwinden. Klar zeichnete sich der Strand der Copacabana ab, davor links der dunkle Hotelturm seiner Unterkunft.

Seine Gedanken schwelgten in der Erinnerung, wie er am Vorabend das Kino verlassen hatte, auf eine Gruppe Jugendlicher stieß, die ihn einfach mitnahm, um`s Eck zu ziehen. Versprengte Gruppen des gerade beendeten Karnevals spielten Gitarre und sangen dazu. Sr. Ernesto und die Teens gestikulierten und radebrechten alle zwischen portugiesisch, spanisch und englisch und fanden dann doch die abschließende Beurteilung des Films und die richtige Speisefolge in der kleinen Taverne.

Die Situation war so ausgelassen und so freundlich, dass er schon an eine Falle dachte. Diese Bedenken entpuppten sich als unberechtigt, ein Wort ergab das nächste, ein Witz den anderen, eine Verbrüderung folgte der voran gegangenen. Die Gesellschaft bestand aus zwei Pärchen und einem einzelnen wunderhübschen Mädchen, welches dem Geschmack des Sr. Ernesto entsprach. Alle stellten sich als Schüler der nahen Oberschule vor und gehörten schon vom Ton und der Artikulation her zur besseren Schicht, die hier in Copacabana residierte. Geld schien keine große Rolle zu spielen.

Sr. Ernesto versuchte, sich stets an der Finanzierung der jeweils nächsten Runde einzubringen, was ihm jedoch nur selten gelang. Analog zum Alkoholspiegel stieg die Stimmung. Er war ausgefragt worden: Woher, wohin, warum, wie lange in Rio und die Fragen waren wohl zur Zufriedenheit aller beantwortet worden. Auf der anderen Seite erzählten die Schüler von ihrer Schule, den Lehrern, Ausflügen, Reisen mit den Eltern und ihre geheimen Liebschaften. Mit fortgeschrittener Stunde brachen Sprachbarrieren und andere Hemmungen, jugendliche und zwischenmenschliche Themen wurden in lustiger Betrachtung und

Erzählung abgehandelt. Wie sich im Gespräch herausstellte, standen die Schüler kurz vor ihrem Schulabschluss und Sr. Ernesto schätzt einen Altersunterschied von acht Jahren. Dieser Umstand schien niemanden zu stören oder zu interessieren. Der Augenblick zählte und der Spaß am geselligen Zusammensein.

Das fünfte Rad am Wagen hieß Christina. Sie hatte während der lustigen Runde ihren Platz mit dem Mädchen getauscht, welches vorher neben Sr. Ernesto gesessen hatte.

Er vernahm ihre Nähe nicht als Aufdringlichkeit, alle Bewegungen, Berührungen, Blicke und Anstoßen passierten wohl koordiniert, taktvoll und harmonisch.

Der Sonntagabend ging so dem Ende zu und die Gesellschaft beschloss den Aufbruch.

Vor der Taverne erfolgte ein Abschiedszeremoniell innigster Natur, Küsschen hier und dort, eine Umarmung, Schulterklopfen, ein herzliches Anschmiegen Wange an Wange, ein Abschied für immer?

Sr. Ernesto hatte wunderbar geschlafen, aber zu wenig und wurde jäh aus dem Traum gerissen. Christina hatte bemerkt, dass sie verschlafen hatte und fluchte leise vor sich hin, während sie sich ankleidete. Abmarschbereit nahm sie sich ein paar Sekunden Zeit, setzte sich auf die Bettkante und erklärte ihm, dass sie gerade die erste halbe Stunde einer angesetzten Mathe-Arbeit versäumte; setzte jedoch beruhigend hinzu, dass sie auf „sehr gut" in jenem Fach stehe, also kein großer Anlass zur Panik.

Es folgte ein kurzer, aber um so herzlicher Abschied und schon war sie weg.

Unten auf der Straße begannen die Fahrzeuge der Stadtreinigung, die Straßen von den Hinterlassenschaften wie Papierschlangen und anderen Zeugnissen des Karnevals mit einigem Krach zu säubern. Das war für einen weiteren Schlaf nicht sehr förderlich.

So nahm er ein ausgiebiges Bad in der Wanne und begab sich zum Frühstücksbuffet.

Luigi und Gisela schwiegen sich an, schauten auf das entschwindende Häusermeer und ließen auch Sr. Ernesto in Ruhe. In der Gondel wurde wenig geplaudert, nur ab und an ein „Oh" und „Ah", weil Straßen, Stadien oder Strände wiedererkannt wurden. Nur das eintönige Surren der Räder am Tragseil blieb konstant.

Sr. Ernesto schaute immer noch auf die Cobacabana runter, summte innerlich das Lied der „Girls from Ipanema", dessen Strand unmittelbar daneben lag und erfreute sich an den Erlebnissen. Er war in eine Art Trancezustand gefallen. Er erfreute sich an der Tatsache, den zweiten Tag ohne Auto zu sein-, jedoch besorgt darüber, ob Christina rechtzeitig zum Unterricht erschienen ist.

Aber jäh riss ihn eine sanfte Stimme aus seinen Tagträumen: Sein Gehör konnte nur folgendes Fitzelchen eines Satzes mitschneiden:

„.....con este chamo catire me andaria al final del mundo!"

Dann eine andere Stimme: „Cual?"

Stimme Eins wieder: „Este tipo chevere con la chiva!"

Sr. Ernesto erwachte aus seinem Dämmerzustand und übersetzte für sich jene unmissverständlich venezolanisch angehauchte Diktion:

„...mit dem blonden Jungen würde ich bis ans Ende der Welt fahren!"

„Welcher?"

„Na, der nette Typ mit dem Bart!"

Jener errötete, drehte sich nicht um. Nicht jetzt. Hier trug keiner einen Bart außer ihm, und erst recht keinen Vollbart. Die venezolanische Stimme kann also nur ihn gemeint haben. Er ermahnte sich, nicht umzuschauen; zumindest nicht in jene Richtung, aus der die Stimme ertönte. Ein Blick zur anderen Seite verriet, dass die Mittelstation bald erreicht sein wird. Dann stellte ein kleines Kind eine Frage, die von der „Cual"-Stimme beantwortet wurde.

17

Sr. Ernesto kombinierte: „Zwei Frauen, ein Kind, eine davon vielleicht die Mutter, die andere..? ..würde mit mir ans Ende der Welt gehen? Aber da fahre ich ja gerade hin! Da fehlen noch ein paar Wochen und ungefähr sechstausend Kilometer!"

Schon gelangte die Gondel an die Mittelstation auf dem Morro de Urca. Alle stiegen aus. Er blieb in seiner Ecke stehen und filterte seine Zielpersonen aus dem Pulk heraus. Nun galt es, sich zur nächsten Seilbahn zu begeben. Die beiden Damen nebst Kind jedoch besuchten zunächst den Spielplatz, damit das Kind seinen Spaß haben kann. Dieser Umstand wurde wohlwollend durch ihn aufgenommen.

Er bat seine beiden Begleiter, schon vorzugehen, sie würden sich oben wieder treffen.

Nun wurde es psychologisch: Sr. Ernesto stellte zwei sehr gut aussehenden venezolanischen Frauen so um die dreißig nach, von denen die eine offensichtlich gewillt war, mit ihm an's Ende der Welt zu fahren. Wer aber war oder ist nun wer? Das Kind verriet es: „Mama!"

Während Mutter und Kind an den Spielgeräten hantierten, setzte sich die andere Schönheit auf eine nahe Parkbank.

Sr. Ernesto nahm allen Mut zusammen und setzte sich einfach ebenfalls auf dieselbe Bank und sprach den vorher eingeübten Satz: „Hola, yo me voy a Ushaia, y Ud.?"

Und fuhr fort: „Sie wollen mich begleiten? Die Reise wird einige Wochen dauern." Und er fügte hinzu: „Sie sind aus Venezuela, ich arbeitete dort einige Jahre. Ich erkannte Sie an „Chevere" und „Chiva", welche typisch venezolanische Ausdrücke sind. Ich bleibe nur noch bis morgen früh in Rio, dann fliege ich zu meinem Auto, welches ich in Floreanopolis auf dem Flughafen ließ. Ich habe Caracas Ende November verlassen und bin seit drei Monaten unterwegs. Ich unternehme mit den beiden Begleitern aus meinem Hotel eine Rundtour und bin heute Abend wieder in meinem Hotel. Dort unten, sehen Sie? Es ist das dunkle, Othon, ich wohne im Zimmer 707. Ich erwarte Sie nach 20.00 h, morgen früh geht es mit Varig über Sao Paulo nach Floreanopolis. Sie brauchen einen Reisepass und dicke Klamotten, da unten wird es Winter. Ich wollte, wir könnten uns jetzt länger unterhalten, aber ich muss zu den beiden, weil wir mit einem gemeinsamen Taxi durch Rio fahren."

Und fügte hinzu: „Sie sind bezaubernd, kommen Sie einfach mit!"

Sie sah ihn ungläubig an und fand keine Worte. Er war schon auf dem Weg zur nächsten Bahn, hielt inne, kam zurück, setzte sich erneut zu ihr und fragte ganz sachte: „Haben Sie auch einen Namen?" Sie hauchte: „Yajaira."

Sr. Ernesto: „Ich werde Sie bei der Rezeption anmelden, mein Name ist Ernesto" und damit reichte er ihr die Hand, um ihr einen guten Tag zu wünschen.

Beim Gehen ließ Sr. Ernesto ihren Namen öfters auf der Zunge zergehen, kaute ihn sachte wieder, um ihn dann in die laue Luft dieses wunderbaren Februartages des Jahres 1982 zu flüstern: „Jaheira", ja-, so würde es man auf Deutsch artikulieren.

Nun beschleunigte er seine Schritte, um seine „Gruppe" wieder einzufangen. Er holte sie oben auf dem Zuckerhut ein.

Gisela und Luigi lehnten am Geländer, er hatte sich inzwischen beruhigt und begann sich mit dem Gedanken anzufreunden, die Tour als positives Ereignis in seinem Leben zu betrachten.

„Haben wir auf der Mittelstation etwas verpasst oder ist die Frage sehr indiskret?" warf Frau Gisela Sr. Ernesto gleich an den Kopf.

Er winkte ab: „Oh nein, keineswegs, keine Spur von Geheimnistuerei, meine liebe Frau Gisela-, nein, wirklich nicht!

Die junge Dame entpuppte sich als kompetente Reiseleiterin und konnte mir die Entstehung dieser Berge erklären, was ich dankbar annahm. Möchten Sie die Kenntnisse mit mir teilen?"

„Oh gern, welch ein Glück, auch das noch zu erfahren" säuselten beide im Chor. Es herrschte Windstille, nur der Verkehrslärm drang schwach von unten auf diese Höhe. Sr.

Ernesto schlug vor, ob der trockenen Luft vielleicht ein Bier zu trinken, schließlich sei es schon zwölf Uhr durch. Sie willigten ein, nahmen in der Taverne Platz, schon kamen die Getränke und Sr. Ernesto stellte sich an, das-, während seiner Reisevorbereitungen Erlernte, sinngemäß wiederzugeben.

Zuvor bestand er jedoch darauf, seine Reisepartner zu duzen, was den Umgang wesentlich geselliger gestalten sollte.

„Also, vor 560 Millionen Jahren kam es zur Bildung dieser Granitfelsen (er vermied das Wort Orogenese, Intrusion und andere Feinheiten), die damals noch mit denen im Westkongo im heutigen Afrika zusammenhingen. Mit der Zeit jedoch drifteten die Kontinente auseinander, und so schauen wir hier von 395 m runter auf den Morro da Urca mit seinen 226 m Höhe. Ihr seht, auch Berge verlieren sich aus den Augen."

Er fügte noch hinzu, wie die Berge erstmalig bezwungen wurden, den Bau der Seilbahn und die touristische Entwicklung, musste aber bemerken, dass der anfängliche Wissensdurst bei den Zuhörern gestillt war.

Luigi war zwischenzeitlich aufgewacht und reagierte so: „Ernesto, die Tante hatte es wohl echt drauf, oder? Ich bezweifle nicht die Angaben, aber von weitem sah es aus, als dass Du mehr sprachst als jene und unter uns Klosterbrüdern, ihre Morros stehen ihr nicht schlecht, oder?"

Gisela schritt sofort ein: „Luigi, es reicht!"

„Lieber Luigi, Du zahlst die Biere hier, mehr kann ich Euch auch nicht sagen, lass uns gehen. Ich gebe einen Caipirinha dort drüben auf dem Corcovado aus, andiamos!"

Luigi sah ein, dass er ein wenig zu weit gegangen war und schwieg. Gisela und Sr. Ernesto schwatzten über dies und das, strebten der Bergstation zu und Luigi hatte Probleme, deren Marschgeschwindigkeit zu halten. Berechtigterweise gingen ihm allerhand Auslegungen jener Begegnung durch den Kopf, so dass seine Aufmerksamkeit zum Weg schwand und er beinahe in`s Straucheln kam. Am Taxi angelangt hatte er sich jedoch wieder gefangen und war Feuer und Flamme, den Corcovado per Droschke zu bezwingen. Alle drei Passagiere erfreuten sich an der Fahrt durch den Urwald, den Serpentinen, großartigen Aussichten und dann an Jesus daselbst auf der Höhe, zu Stein erstarrt. Sr. Ernesto bestand darauf, in eben jener Pose und kongruent abgelichtet zu werden, aber der tiefgläubige Luigi lehnte es ab: „Nein-, Ernesto, das kann ich nicht!"

Dieser warf einen fragenden Blick zu Gisela, die mit den Schultern zuckte. Wie war das noch vorhin mit der Anspielung auf die Erhebungen in jener Bluse? Fiel nicht die Bezeichnung „Morros"? Und hier bekommen wir unseren Heiligenschein aufgesetzt? Willkommen im Club der doppelten Moral, Herr Luigi, stellte Sr. Ernesto innerlich fest. Nach dem Drink brachte der Taxifahrer die „Not-Gruppe" wieder zum Hotel, wurde entlohnt und bedankte sich höflichst für das Trinkgeld. Die drei gratulierten sich gegenseitig zur gelungenen Tour und entschwanden in der Hotellobby. Hier verloren sie sich aus den Augen.

Sr. Ernesto vergewisserte sich, allein an der Rezeption zu sein, um das Personal über einen potentiellen Besuch zu informieren, nahm den Lift in den 7. Stock, betrat sein Zimmer, duschte und fiel in einen tiefen Schlaf. Es gab noch etwas Licht, als er erwachte. Durch das Fenster sah er einen kleinen Winkel breit den Strand der Copacabana, die Wellen und die inzwischen gereinigte Nebenstraße, die links vom Hotel zur Küste führte. Er packte seine heute erstandenen Ansichtskarten ein, begab sich zum Aufzug und landete im 30. Stock. Schon setzte die Dämmerung ein, er fand einen Tisch mit genügend Licht, bestellte einen Drink und beschrieb die Karten. Der Tenor seiner Mitteilungen war der, dass es ihm gut ginge, die Reise verliefe nach Plan. Danach trug er die getätigte Korrespondenz unter der Rubrik „Ausgang" und Angabe des Ortes und des Datums in sein Tagebuch. Es war jetzt 19.00 h. Es wurde Zeit, etwas in Richtung Nahrungsaufnahme zu organisieren, was er telefonisch von seinem Zimmer mit dem Roomservice abklärte.

Um 19.45 h klopfte es an der Tür. Sekunden später klingelte das Telefon. Sr. Ernesto stellte fest, dass er Stress dieser Art schon lange nicht mehr ausgesetzt war. Aber das waren die gerufenen Geister, die er jetzt

25

nicht mehr loswurde. Er nahm den Hörer ab. Es meldete sich die Rezeption, die Sra. Yajaira ankündigte. Hastig bedankte er sich für diese Auskunft, legte auf und öffnete die Zimmertür. Er ließ den jungen Mann mit seinem Wägelchen herein, übergab ihm schon das zurecht gelegte Trinkgeld und bat ihn, die Postkarten bei der Rezeption abzugeben mit der Bitte, jene zu expedieren und die Kosten der Marken auf sein Zimmerkonto zu buchen. Er überprüfte mit schnellem Blick die Speisen und stellte zufrieden fest, dass nichts vergessen wurde, die Dekoration gekonnt aussah und auch die bestellten Kerzen nicht fehlten. Daraufhin entließ er den Pagen. „Geht doch," flüsterte er sich zufrieden zu, während er die Tür wieder schloss.

1. Kapitel

Sra. Yajaira fuhr mit dem Lift in den 7. Stock. Ganz wohl war ihr nicht, wie sie sich eingestehen musste. Sie stellte fest, Opfer ihrer eigenen Zivilcourage geworden zu sein. Aber wie konnte sie ahnen, dass der Gringo ihre Sprache verstand und darüber hinaus Feinheiten heraushörte, um ihre Herkunft geografisch einzugrenzen. Sie und ihre Schwester hatten den Nachmittag damit verbracht, die Verstrickungen aus ihrer vorlauten Äußerung des Wunsches, ihn auf der Fahrt an das Ende der Welt zu begleiten auf der einen Seite-, und andererseits sein Gegenangebot, ihrem Wunsche zu entsprechen, abzuwägen. Keiner konnte erahnen, dass er tatsächlich nach Feuerland unterwegs war und dann noch ihre Begleitung begrüßte.

Beide waren dann aber zu dem Schluss gekommen, dass es sich bei dieser Begegnung nicht um einen Zufall handeln konnte, sondern um Bestimmung. Und dieser war nun Folge zu leisten. Der Weg war vorgezeichnet.

Nachdem sie nun die schwierige Frage des „ob" diskutiert und entschieden hatten, war es ein leichtes Unterfangen, das „wie" festzulegen, nämlich wie wird der übrige Teil der Verwandtschaft, Familie und nicht zu vergessen der auf Geschäftsreise befindliche Ehemann so glaubhaft informiert, dass auch der letzte Zweifel an dieser doch ungewöhnlich plötzlichen Abreise gar nicht erst aufkam.

Der Lift hielt, die Tür öffnete sich, Sra. Yajaira ließ durch ein „Excuse me please" verlauten, dass sie und ihre pralle Reisetasche an den beiden vollschlanken Amerikanern vorbei gehen möchte. Auf dem Korridor folgte sie den Schildern, fand die 707 und klopfte.

Sr. Ernesto öffnete, stammelte ein „Bienvenido" und bat sie, hereinzukommen. Er nahm ihre Tasche entgegen und stellte sie auf die Kommode, half ihr aus der Jacke, die er dann auf einen Bügel hängte und stellte fest, keine Worte zu finden. Sie erschien ihm noch schöner als heute Morgen.

Aus. Sendepause. Alle Kommunikations-
einrichtungen gingen auf Störung. Es fehlte
nur der Qualm der durchgebrannten Relais.

Er versuchte anzusetzen, etwas zu sagen,
aber der Kloß im Hals verhinderte jegliche
Äußerung. Sra. Yajaira war nicht minder
betroffen, ergriff jedoch beherzt seine Hand
und sagte: „Hola, Ernesto, die Speisen
werden kalt, lass` uns essen!" Und damit zog
sie ihn zum Wägelchen, setzte sich und ließ
den Blick über die Köstlichkeiten wandern.
Er schickte sich an, die Gläser mit Wein zu
füllen, stellt noch jeweils ein Glas Wasser
hinzu und freute sich, in der Hektik von
vorhin noch die Zeit gefunden zu haben, die
Kerzen zu entzünden, und nahm dann
zögerlich ihr gegenüber Platz.

Sra. Yajaira fühlte, dass sie nun wieder die
Initiative ergreifen musste, nahm ihr Glas,
schaute zu ihm, der den Wink verstand und
ebenso das Glas erhob.

„Ernesto, ich wünsche uns eine gute Reise,
ich bin bereit! Wir sind ja nun keine Kinder
mehr und können uns wohl inzwischen
deutlich mitteilen, wie du es heute Morgen
bewiesen hast, als du mein Begehren

erwidertest. Entonces: Salud!" Sie hatte sich inzwischen erhoben, kam zu ihm herum, stieß ihr Glas an seines. Nachdem sie beide den ersten gemeinsamen Schluck getrunken hatten, setzte sie ihr Glas ab, küsste ihn auf die Stirn und fuhr fort: „Ich danke dir schon jetzt für dein Vertrauen. Ich bin überzeugt, dass wir für die paar Kilometer zusammengehören!"

Sr. Ernesto erhob sich, stellte sein Glas weg, dann auch ihres, zog sie an sich, umarmte sie. Er inhalierte ihren Körpergeruch, seine Wangen registrierten die Festigkeit ihrer Haare, seine Brust vernahm das Pochen ihres Herzens, das nun so nah dem seinen war. Irgendwann lösten die beiden sich aus dieser Umklammerung und begannen, das Abendessen zu genießen.

Nach einiger Zeit und zwei Gläschen des sorgsam ausgesuchten Roten aus Mendoza kam auch eine Konversation zustande. Zunächst vorsichtig, dann bestimmter, schließlich vertraulich.

Die Kerzen hatten ihre Schuldigkeit getan und waren heruntergebrannt. Es war spät geworden und Sr. Ernesto mahnte zur

Nachtruhe. Er ließ Sra. Yajaira den Vortritt zum Bad, räumte noch etwas auf und bestellte den Weckanruf per Telefon. Als das Bad frei war, ging auch er und kam zurück in ein dunkles Schlafzimmer. Er legte sich hin. Seine Hand fand ihre unter der Decke, er drückte sie zart und wünschte ihr eine gute Nacht.

„Genieße den Platz," empfahl er ihr, „im Auto ist es enger."

„Du, das wird schön und gute Nacht!" „Igualmente, Yajaira!".

Beide waren die ersten beim Frühstücksbuffet. Die knappe Zeit erlaubte heute nur zwei Nachschläge. Sr. Ernesto drängte zum Aufbruch, Sra. Yajaira spurtete nochmals nach oben, während er die Verbindlichkeiten an der Rezeption beglich.

Per Käfer-Taxi gondelten sie zum Flugplatz und Sr. Ernesto erklärte ihr, wie häufig er als Kleinkind in einem VW-Käfer der Eltern in dem Kofferabteil über dem Motor an die Ostsee gefahren war. Möglicherweise rührte daher seine Platzangst, unter der er in der Gondel litt?

Dann stellten sie sich in die Warteschlange derer, die nach Sao Paulo fliegen wollten. Vor und hinter ihnen standen brasilianische Geschäftsleute, die mindestens ein kleines Auge auf jene venezolanische Schönheit geworfen hatten. Sra. Yajaira wusste mit dem Verhalten umzugehen und warf frech scheinbar auskleidenden Blicke zurück. Vorher hatte sie Sr. Ernesto um eine Wette gefragt, in welcher Zeit sie es wohl fertigbrächte, das Anstarren zu beenden. Ihre Aktion funktionierte perfekt und beide konnten wieder turteln, ohne so sehr begafft zu werden.

Sie bekamen die Sitze hinten rechts über der Tragfläche der Varig-Elektra II, die wie ein Bus-Shuttle zwischen Rio und Sao Paulo verkehrte. Beim Abflug umrundeten sie den Zuckerhut, der heute zur Dekoration ein paar Wolkenringe trug, stiegen weiter und drehten dann gen Süden ein und verloren sich nach einigen Turbulenzen in einem ruhigen Flug über den Wolken. Beim Fotografieren des Zuckerhutes war Sr. Ernesto sehr nah an seine neue Begleitung, die am Fenster saß, gerückt, welche ihn nun festhielt und innigst küsste. Es war der erste und sehr langer Kuss.

In Sao Paulo wechselten sie den Flieger. Trans-Bras brachte die beiden per B727 nach Floreanopolis. Sr. Ernesto hielt es inzwischen für weise, Sra. Yajaira auf die Weiterreise einzustimmen und nach weiteren, scheinbar unendlichem Austausch von Zärtlichkeiten, setzte er mutig zum Klartext an:

„Also, liebe Yajaira, das Auto habe ich mit einem Freund selbst ausgebaut. Es passt also nicht so ganz in das Schema anderer Automobile. Es war einmal ein kurzer Jeep, Cabrio, und nun ist es ersetzt durch einen Aufbau aus Metall mit einem Schlafzimmer im 1. Stock.“

„Ist das ist unser enges Schlafzimmer für die nächsten Wochen, von dem du gestern sprachst? Das kann ja chevere werden!“

"Da sind noch ein paar Details: Das Auto hat keine Heizung,"

„Hast du Decken?“

„Ja, viele.“

„Wenn die nicht reichen sollten, dann kaufen wir neue oder machen uns warme Gedanken."

Sr. Ernesto überlegte: Welch eine Frau? Sie war nicht aus dem Gleichgewicht zu bringen.

„Du kennst den Nissan – Patrol?"

„Si, das sind die Porpuestos aus den Ranchos."

„Ja, unter anderen. Normalerweise hat er vorn eine Bank. Die habe ich entfernt und von meinem Freund Baadi zwei VW-Käfersitze bekommen, hatte er so übrig. Durch den Einbau der schmalen Sitze fiel der dritte Sitzplatz vorn weg. Du kannst also jetzt während der Fahrt bequem nach hinten gelangen. Dort steht eine flache und lange Kiste mit einer Auflage. Dort kann man ruhen. In der Kiste befinden sich Ersatzteile und Konservendosen für alle Fälle. An den Wänden sind Regale und Borte angebracht, die voll sind mit Wörterbüchern, Atlanten, Kartenmaterial und Reiseführern."

„Und wie gelangen wir nach oben?"

Sr. Ernesto sinnierte darüber nach, ob das Schlafzimmer wohl der Mittelpunkt des Interesses seiner Reisebegleitung wäre. Dann hat er sich ja wohl gestern etwas zu puritanisch verhalten.

„Eine Klappe wird geöffnet und dann erreicht man ohne Schuhe oder Socken den Schlafbereich. Dieser ist 60 cm hoch, 2,10 m lang und ca. 1,60 m breit. Dort liegt eine dicke Matratze und beim Einschlafen kann man, wie vom Fahrersitz von unten auch, die Stereoanlage bedienen."

„Wir werden es sehr schön haben, Ernesto, te lo digo!"

„Du kannst aber auch hinten aus dem geöffneten, durch ein Fliegennetz geschütztes Fenster Sterne, Mond, Berge oder See betrachten, je nachdem, wo wir stehen werden."

„Kann dort jemand reinschauen?"

„Nein."

„Dann ist gut."

Die Boeing setzte planmäßig in Floreanopolis auf, sie verließen den Terminal und gelangten zum beinahe unversehrten Auto.

„Sie haben mir die Aufkleber gestohlen," konstantierte Sr. Ernesto. „Na-," mischte sich Yajaira ein, „wenn`s sonst nichts war! In Venezuela wäre der ganze Wagen weg! Zeig mir doch mal bitte, wie ich da reinkomme."

Ernesto entfernte nach und nach und unter peinlich genauer Beobachtung die Sicherheitsvorkehrungen. Sie bestanden aus dicken Bolzen, die durch die senkrechten B-Säulen gingen und dann beinahe horizontal mit einer Neigung nach unten in den Türen und in Fahrtrichtung verschwanden.

Das Lenkrad war durch eine dicke Kette und ein noch stärkeres Vorhängeschloss gesichert. Vielleicht war der Schutz übertrieben. Auf der anderen Seite war Sr. Ernesto das Fahrzeug in den letzten Jahren nicht abhandengekommen. Nun machte er sich daran und öffnete das Vorhängeschloss der Motorhaube, stemmte sie nach oben und hakte sie ein. Auf der Motorhaube, mit eine U-Bolzen gesichert, befand sich der 1.

Reservereifen. Aus dem Ansaugrohr des Luftfilters zauberte er den Schlüssel, mit dem er das Batteriekabel wieder anschloss. Ein kurzer Blick auf den Ölstab genügte.

Er stellte fest, dass sie nun abfahrbereit waren und verriegelte die Motorhaube, legte den Schlüssel in den Werkzeugkasten. Sodann säuberte er seine Hände, trocknete sie und ging auf Yajaira zu.

„Geschätzte Yajaira, darf ich zur Weiterfahrt bitten?"

Sie flog auf diesem menschenleeren Parkplatz zu ihm hin, umarmte ihn, hing an seinen Schultern, knuddelte ihn und sprach ihm ihr Vertrauen aus, dass sie mit Freude und großem Interesse die Wiederherstellung des Fahrbereitschaft verfolgt hätte. Sie gab zu, dass sie eine derartige Präzision zum ersten Mal erlebte. Er entgegnete: „Tritt mal bitte gegen alle Reifen!"

Sie standen nun an der geöffneten Beifahrertür und eh sie es sich versah, hatte er sie auf ihren Sitz gehoben. Eine lange Umarmung und ein Kuss folgten.

„Mi amor, das eben war hier auf dem leeren Parkplatz in Ordnung, aber bitte: Nie wieder, ok? Während wir hier Zärtlichkeiten austauschen, wird auf der anderen Seite unbemerkt der Wagen leergeräumt. Schärfe bitte deine Sinne"

„Esta bien, de accuerdo, Jefe!"

Er kramte seine Südamerikakarte hervor und zeigte ihr die beabsichtigte Strecke. „Yajaira, ist das für dich in Ordnung, wenn wir uns jetzt nach Uruguay begeben, über die La-Plata-Mündung nach Buenes Aires übersetzen und dann die Routa 3, das ist die dicke Linie hier rechts, nach Patagonien hinunterfahren? Seit 1967 träume ich davon, nach Feuerland zu kommen. Ich litt unter dem Gedanken, nie dorthin zu gelangen: Sozusagen meine persönliche Passion. Aber wie das so momentan aussieht, möchte ich unsere Ankunft dort künstlich verzögern, weil mir die letzten Stunden mit dir zusammen sehr gut taten. Und ich würde es nicht weiter als störend empfinden, mit dir den Rest meines Lebens auf diesem öden Parkplatz zu verbringen.

Wir würden schon was draus machen, Mindestens eine Achterbahn, das ist sicher. Wir sollten aber trotzdem losfahren. Sage du mir, wohin."

„Ernesto, ich sehe hier Porto Allegre an der Strecke. Dort war ich neulich mit meiner Schwester in einem Krankenhaus, die ehrenamtlich bei einer Schwesternorganisation des Roten Kreuzes arbeitet."

„Und denn?"

„Dort fahren wir mal durch die Stadt, damit ich sie mir noch besser einpräge, ich werde dort dann zum Schein irgendetwas karikatives tun" und schilderte die Version, die sie mit ihrer Schwester ausgearbeitet hatte.

Sr. Ernesto betätigte den Anlasser, der Motor sprang an, er beugte sich zu ihr hinüber und hauchte ihr ein "Buen viaje" ins Ohr. „Die werden wir haben, aber erst lasse uns einen Sitz in den Durchgang bauen, damit ich genau neben dir sitzen kann."

Der Umbau war dann vollbracht, sie fuhren ihre ersten gemeinsam Meter, fädelten sich in die richtige Spur für die Hängebrücke zum Festland ein, dort angekommen bogen sie nach Süden auf die BR 101, die Sr. Ernesto schon seit Curitiba befuhr.

„Warum hast du eigentlich dein Auto in Floreanopolis gelassen? „Nun," antwortete er, „ich schildere Dir kurz die bisherige Strecke; Von Caracas aus fuhr ich in die Anden, Kolumbien, Ecuador, Peru, Bolivien, Nordargentinien, Paraguay, Iguacu, und jetzt wird es genauer: Cascavel, Curitiba. Dort hatte zwei Möglichkeiten: Nach Norden in Richtung Sao Paulo und Rio abbiegen, um dann die Strecke von über tausend Kilometer zurück zu fahren. Die Frage war aber, wo lasse ich mein Auto in den Städten, wird es Tiefgaragen geben mit der entsprechenden Höhe? So entschied ich mich, noch etwas nach Süden zu gondeln, um dann per Flieger die beiden Städte zu besuchen."

„Und warum interessierte dich Sao Paulo und Rio?"

„Ich könnte nun behaupten, um dich zu treffen und mitzunehmen, ja-, das könnte ich sagen. Aber ich bin Schiffsmakler, d.h. ich erlernte den administrativen Papierkrieg, der für die Schifffahrt notwendig ist. Und in Venezuela vertrat meine Firma u.a. eine brasilianische Reederei. Alle zwei Wochen kam ein Schiff aus Rio und Santos, und die Häfen wollte ich mal sehen. Und-, in Sao Paulo schaute ich mir noch das Instituto Butantan an, mein touristisches Programm in Rio ist bekannt."

Nach einer Weile fuhr er fort: „Außerdem waren die paar Tage Unterbrechung von der Fernfahrerei nötig. Ich bin seit Caracas nunmehr 15.000 km gefahren, von gepflegten Autobahnen bis zu den wildesten Schotterstrecken mit Flussdurchquerungen in Ermangelung von Brücken. Nun gut, ich war auch eine Woche auf den Galapagos-Inseln, aber das ist lange her und damit schon Geschichte."

Sra. Yajaira nickte als Zeichen, dass sie die Gründe verstanden hatte, aber jetzt wollte sie die Strecke geografisch ordnen: „Ernesto, wo war die Karte?" Er reichte sie ihr und sie war zunächst einmal beschäftigt.

An diesem Tag fuhren sie noch vier Stunden, aßen zu Abend in einer Fernfahrerkneipe, um an einer Polizeistation zu halten und zu übernachten. Sr. Ernesto hatte angeregt, alle möglichen Zeitschriften aus den Fliegern mitzunehmen. Er wusste, dass diese bei Polizei etc. gern gesehen waren. So nahm er ein Exemplar und klopfte vorsichtig an. Er machte den Beamten klar, dass sie nicht mehr bei der Dunkelheit weiterfahren wollten. Ob sie etwas dagegen hätten, dass sie auf dem Parkplatz für heute Nacht stünden.

Dabei ließ er zufällig die Zeitschrift auf dem Tisch liegen, der Diensthabende war einverstanden, und: „Ja, wenn sie dann Zähne putzen wollten, hier hinter sei das Bad," wobei er mit einer Handbewegung ruder-artig gestikulierte, um sich dann der Lektüre zu widmen.

Sr. Ernesto meinte, zunächst würde seine Frau erscheinen und danach er. Es gab keine Einwände.

Es war nun die erste Nacht im Wagen. Sra. Yajaira hatte alle Anweisungen befolgt und war schon beinahe nackt in das Schlafzimmer geturnt. Zum Wahren der Privatsphäre verhalf der Vorhang zwischen Cockpit und hinterem Gemach. Sr. Ernesto sicherte die Türen und das Lenkrad, schlüpfte durch den Vorhang, entkleidete sich und stemmte sich per Aufschwung in den 1. Stock.

„Ich habe gestern absichtlich....." „Psst," flüsterte Sra. Yajaira, „ist doch klar, aber nun sind wir doch schon echte Companeros, komm zu mir!"

Am nächsten Morgen verabschiedeten sie sich höflichst von den Beamten und dankten ihnen für die Gastfreundschaft. Um die Ecke war ein Autoservicebetrieb, bei dem sie Öl- nebst Zündkerzenwechsel vornahmen. Im Kiosk nebenan deckte sich Sr. Ernesto sich mit ein paar Kisten Zigarren ein. Wieder ein Haus weiter gab es ein gutes Frühstück. Durch Porto Allegre drehten sie mehrere Runden, nahmen dann Kurs auf Pelotas und erreichten die Grenze bei Chuy zu Uruguay, wo sie auf der brasilianischen Seite alle organisierten Zeitschriften ließen. Vorbei an imposanten Burgruinen, die an saftig grünen Hügeln standen, rollten sie nun durch Uruguay. „Bienvenido a Uruguay!" trällerte Yajaira hinaus und verpasste Sr. Ernesto

einen dicken Knutscher, „was machen wir
hier?"

2. Kapitel

„Was hältst du von einem Badeurlaub? Je weiter wir nach Süden kommen, desto kälter wird es. Also sollten wir die letzte Chance hier nutzen, oder?" fragte Sr. Ernesto zurück.

In Castillos kauften sie im großen Supermarkt ein, fuhren noch auf der Nationalstraße 9, bogen in Richtung Faro San Ignacio ab, erreichten die „10" und peilten Punta del Este an.

Auf der linken Seite weiteten sich weiße Strände aus, rechts Dünen.

„Übernachten wir hier?"

„Hier bleiben wir bis zum Wintereinbruch," entgegnete Yajaira. „Wir haben zunächst Lebensmittel und Getränke für eine Woche, no te preoccupes!"

Sr. Ernesto konnte sein Glück nicht fassen. Wie soll das noch die nächsten Wochen werden, wenn es jetzt schon unbeschreiblich schön ist? „Da vorn, schau mal, da malt ein Opa einen blauen Zaun an, dahinter ist ein schöner Wald. Lass uns mal fragen, ob wir hier wild campen dürfen." Sr. Ernesto verlangsamte das Tempo, bremste und hielt etwas entfernt von dem älteren Herrn. Kaum stand der Wagen, hüpfte sie hinaus, begrüßte den Maler. Ernesto sah sich die beiden an, die wild gestikulierten, mal hierhin, dann dorthin zeigten, sich die Hände gaben, wohl als Zeichen, dass sie sich einig wurden.

Sra. Yajaira stieg wieder in`s Auto, rutschte auf ihren Mittelsitz, kuschelte sich an den Fahrer mit den Worten:

„Todo bajo control, wir haben Narrenfreiheit. Dem Mann gehört der ganze Wald, wir können dahinten bei der anderen Einfahrt parken, da stört uns kein Mensch, sagt er."

Sie parkten den Jeep auf einem kleinen Hügel. Sr. Ernesto rollte das Vordach aus, stellte die beiden Aluminiumstützen auf und befestigte die Bänder an den nächsten Bäumen.

Sodann hob er den Beifahrersitz heraus und stellte ihn mit Blick auf das Meer auf und bat die Dame, Platz zu nehmen. Schnell holte er noch den Tisch, einen weiteren Stuhl, den Wasserkanister, wusch seine Hände und sagte:

„Yajaira, wir zelebrieren jetzt Happy Hour, yo voy a tomar un Cuba Libre, y tu?"

„Muy buena idea, entonces, tambien una mentirita!"

Yajaira zog die Schuhe und Socken aus, krempelte die Jeans hoch, lehnte sich zurück, verschränkte die Arme hinter ihrem Kopf und streckte die Beine von sich. Von hier hatte sie einen Ausblick auf den weißen Strand und das Meer. Sie entdeckte eine Schar Kinder, die links badeten und weiter rechts standen ein paar Angler.

Sr. Ernesto kam aus dem Auto und brachte die Getränke. Sie stießen an, sahen sich dabei lange in die Augen:

„Auf Feuerland!" Sie nippten und es entfuhr ihr: „No me digas, tu tienes Angustura Bitter a bordo!" „Ich werde dir den ganzen Inhalt des Wagens zeigen, dann kannst auch du mixen."

„Sage mal, kannst du schwimmen?"

„Wollen wir gleich baden? Ich habe einen neuen Bikini-, noch gestern erstanden, gleich schreiten wir zur Modenschau!"

Sr. Ernesto sah darüber hinweg, dass seine Frage nicht korrekt beantwortet worden war, die Vorfreude jedoch, ihren kurvigen Körper bei Tageslicht zu betrachten, überwog. Während er die Gläser spülte und sie sich drinnen schon umkleidete, versuchte er zu erinnern, wo seine Badehose zu finden sei. Sie musste im Koffer sein, denn seit Galapagos war es kalt gewesen und die Tropenkleidung verstaut. Erst in Paraguay hatte die Hitze wieder eingesetzt und das war ja nun erst ein paar Tage her.

Sie hatte eine ausgezeichnete Wahl beim Kauf ihre Badebekleidung getroffen, was er auf ihre Frage hin bestätigte.

Hand in Hand gingen sie zur Straße, überquerten sie, liefen über den breiten Strand zum Wasser, wo sie -, wie die Kinder nebenan, ebenso planschten. Das Meer war ruhig, beinahe spiegelglatt. Kühn zupfte Sr. Ernesto an der Rückenschleife des Oberteils und siehe da, der Anblick erfuhr mit der neuen Ansicht noch eine Steigerung. Anstatt zu protestieren kam Sra. Yahaira zu der Idee, das nun begonnene Ritual zu einem erfolgreichen Abschluss zu bringen und schlang somit ihre Beine um seine Lenden. Mit dem Pulk von Kindern und dem damit verbundenen Krach fielen die beiden nicht weiter auf, gleichwohl ihre Bewegungen anders, langsamer ausfielen, bevor sie innehielten und sich nur noch umklammerten.

„Komm, es wird kalt, wir gehen duschen," hauchte er ihr ins Ohr. Am Wagen angekommen öffnete er den Kanister und füllte eine Schale mit Wasser.

„Darf ich deine Haare waschen?"

„Bitte, einmal komplett"!

Was für ein Bild, sie saß auf dem Kanister, hielt den Kopf im Nacken, es roch nach Salz und Kiefern, durch deren Zweige die Sonne ihre letzten Strahlen schickte. Der Kontrast ist unbeschreiblich: Ihre Rundungen und die spitzen Kiefernnadeln, der weiße Schaum im schwarzen, langen Haar. Nach dem Spülgang erhielt sie ein frisches Handtuch und nun war er an der Reihe, gewaschen zu werden. Auch sie ließ keinen Zentimeter Haut aus.

Mit der Dämmerung kamen auch ein paar Mücken, zumal hinter der Straße große Süßwasserlagunen lagen. So zogen sich beide bedeckend an und diskutierten, was sie jetzt noch essen wollten. Die Entscheidung fiel einfach aus: Weißbrot mit Käse, dazu einen Tannat aus dem Anbaugebiet bei Maldonado, den der Mitarbeiter des Geschäftes wärmstens empfohlen hatte. Inzwischen war es Nacht, Frösche quakten, der Verkehr auf der Straße hatte abgenommen. Yajaira hatte das Thema der Finanzen angesprochen und sie hatten sich recht schnell einigen können, wie die Umlage erfolgen wird. Sodann schlossen sie ihr Heim und begaben sich in die obere Etage.

Ebenso eng umschlungen, wie sie eingeschlafen waren, wachten sie auch wieder auf.

„Hola, mi amor, was hältst du von einem Bad im Meer, so zum Aufwachen?" Den

Gedanken empfand sie für verfrüht, nicht akzeptabel und vergrub sich in ihr Kissen.

„Kaffee an`s Bett?"

„Chevere, negrito por favor," vernahm Sr. Ernesto, der den Gaskocher anwarf, Wasser erhitzte, lösliches Pulver löffelweise in eine Thermosflasche abzählte und dann mit dem kochenden Wasser aufgoss. Während des Brauvorganges stellte er schon zwei Tassen und einen Teller mit Keksen nach oben und folgte dann mit dem Kaffee, den er in die Tassen goss.

„Yajaira, hier kommt der Kaffee, bitte ganz vorsichtig umdrehen!"

Kaffeeduft drang in ihre Nase und veranlasste sie zu einer vorsichtigen Drehung. Sr. Ernesto stand noch in der Luke und konsumierte ihren Anblick. Es war warm geworden, die Sonne stand schon höher. Alle Fenster und Türen standen offen, die Bettdecke war ihr nun doch zu warm, derer sie sich jetzt entledigte.

„Asi es mejor und wie lieb von dir!"

Er stellte sich an, sich zu ihr zu gesellen. So lagen sie im Kreis um den Teller und die Tassen, knabberten Kekse und schlürften den heißen Kaffee.

„Ernesto, du erinnerst dich an die Burgen an denen wir gestern vorbei kamen?"

„Logico, sah aus wie England, ich war da mal nördlich von Newcastle, same Story."

Der Kaffee schien bei ihr seine stimulierende Wirkung zu hinterlassen:

„In solchem Gemäuer habe ich jahrelang wohnen müssen, sagt dir Somerset etwas?"

„Nein, nicht direkt, no tengo idea!"

„Somerset ist eine englische Grafschaft bei Bristol. Dort ist eine Militärakademie, in der mein Vater weiter ausgebildet wurde. Meine Mutter war mit meiner kleinen Schwester, du kennst sie, zu Hause, mein großer Bruder, Jorje auf einer Diplomatenschule, ebenfalls in England. Und mich hatten sie in einen Jungfernzwinger in der Gegend von Bath abgeschoben."

Er erlaubte sich den Kommentar:

„Du sprichst von einem Internat, ja?"

Außerdem vernahm er aus dem Unterton eine sichtliche Erregung und Aggression.

„Und was für eins! Total reaktionär, old fashion, Queen hier und da, Tradition vom Aufstehen bis zur Bettruhe. Und nur Weiberquatsch. Ok, ich lernte Hockey zu spielen, aber mit Mädchen. In Caracas war es so toll, mit den Freunden von Jorge zu spielen, die mich auch akzeptierten. Ja, das fehlte mir sehr! Und gestern, diese blöden Burgen, erinnerten mich plötzlich an jene Zeit und deswegen ist heute nicht mein Tag, estamos?"

Sr. Ernesto überlegte und entschied, auf der künftigen Route Burgen weiträumig zu umfahren, weil durch den Anblick der nämlichen gewisse Berührungsängste aufkamen, welche die Laune seiner wunderbaren Begleiterin, und damit auch seine, verdarben.

Er sammelte das Geschirr ein, balancierte es durch die Luke und stellte es unten in die Schüssel zum Abwasch.

Eine Ahnung sagte ihm, dass sie jetzt Streicheleinheiten brauchte, irgendwas schien in dem Internatsablauf gestört worden zu sein. So schwang er sich durch die Klappe, legte sich neben sie, um sie wieder zu beruhigen.

„Ernesto, welche Schulen besuchtest du?"

„Tja, diverse, unter anderem verbrachte ich sieben Jahre in einem Internat."

„Erzähl!"

„Nein, später, entspann dich."

So fiel das morgendliche Bad aus, die Zärtlichkeiten uferten aus und bedingten einen anschließenden „early morning nap", aus dem beide verschwitzt erwachten.

Sie zogen ihre getrockneten Badesachen an, darüber ein leichtes Hemd mit langen Ärmeln, schützen die Beine mit Creme, sicherten den Wagen, nahmen die Hüte und brachen zu einem Strandspaziergang auf.

„Heute nach links, morgen nach rechts?" fragte Yajaira?"

„Einverstanden!" und dann fuhr Sr. Ernesto fort:

„In den anderen Ländern hätte ich mich nicht gewagt, soweit vom Wagen wegzugehen. Über Uruguay las ich aber nur Gutes und wenig Kriminalität."

„Der alte Mann wird schon ein Auge auf seinen kleinen Feldherrnhügel mit dem roten Auto werfen. Das versprach er mir."

So liefen die beiden barfuß mal im Wasser, mal nur auf dem Sand, aber stets: Hand in Hand. Beide suchten die Nähe, Verbundenheit und Geborgenheit des anderen. Beide waren bereit, das Eingeforderte auch zu geben. Die Flaute hatte angehalten, nur kleine Wellen plätscherten an den Strand. Auf See erblickten sie Schiffe, die von Norden kommend sich anschickten, in das Rio de la Plata - Delta einzudrehen, andere, die-, nach Passieren von Maldonado, Kurs nach Norden nahmen. Weit und breit kein Mensch. Nur auf der Küstenstraße fuhren ein paar Autos, die aber nun wirklich nicht störten.

Sra. Yajaira hatte das Bedürfnis, Sr. Ernesto über ihre familiären Verhältnisse aufzuklären und redete fast ununterbrochen. Er lauschte aufmerksam ihren Ausführungen über ihre wohlhabenden Großeltern, die Eltern, Geschwister und die kleine Nichte, die ja auch von Person bekannt ist.

„Setzen wir uns," schlug sie vor. Sr. Ernesto legte sich in den warmen Sand, sie kuschelte sich an ihn und bettete den Kopf auf seine Schulter. Sie setzte ihre Biographie in groben Umrissen fort, berichtete vom Tod ihres geliebten Vaters, der bedauerlicherweise bei einem militärischen Manöver ums Leben gekommen war.

Und das noch während ihrer Schulzeit in Somerset.

„Damals war ich knapp fünfzehn," seufzte sie, „und heute beinahe einunddreißig!"

„Das hört sich nach einer Party an, was bedeutet „beinahe"?"

„Genau in zehn Tagen, ich werde veranlassen, dass dein Name auf die Gästeliste gesetzt wird!"

Dann erzählte sie mit ganz ernster Tonlage weiter, wie sie mit ihrem Mann verkuppelt wurde. Auch er stammte aus der angeblich feinen Gesellschaft, hatte ein Studium in England absolviert und war angestellt in einer englischen Stahlfirma, die eine Filiale in Caracas unterhielt. Sie selbst war in der Controller-Abteilung einer Fleischereikette. Dort war sie durch Beziehungen an die Stelle gelangt, weil ihr Onkel Chef des Schlachthofes in Maracay war. Der hatte aber nicht nur totes Fleisch im Kopf, sondern auch frisches. Als die Beziehung zu seiner Sekretärin aufflog, wurde er von seiner Frau entsorgt und ging nach Florida. Sr. Ernesto ahnte etwas.

„Tja, mein lieber, und ich bekam auch meine Kündigung mit einer guten Abfindung. Ich habe erstklassige Zeugnisse und kann jederzeit irgendwo anfangen, zwar nicht so gut entlohnt wie bei der letzten Beschäftigung, aber immerhin."

„Daher kamen wir gestern mit unseren Kostenaufteilungen auf der Reise auch so schnell zusammen," bemerkte Sr. Ernesto.

„Logisch. Zahlen habe ich schnell unter Kontrolle, aber nicht meinen Mann. Der war dauernd auf Verkaufstouren in der gesamten Karibik, um den Stahl zu verkaufen. Er selbst ist ein verzogenes Muttersöhnchen und ein weiches Eisen, von Stahl keine Spur. So kam er denn nach einer Reise mit einer verknickten Gießkanne nach Hause.

„Bitte?" unterbrach er sie, „wie geht das?"

„Das geht nicht, er ging, und zwar zum Venerologen!"

„Au, daher weht der Wind. Jetzt verstehe ich."

„Bravo!" rief sie aus. „Würde es dir etwas ausmachen, wenn ich mich auf den Bauch lege, dann kann ich dich besser anschauen?"

„Mach` das, ich möchte auch dein süßes Gesicht sehen! Hier gibt es auch Futter," und reichte ihr einen Keks.

„Naja, irgendwann war er wieder gesund, und weil wir schon vier Jahre verheiratet waren, dachte er an Nachwuchs. Nimm bitte nicht an, dass ich ihm die Geschichte verziehen hätte, aber meine Mutter sagte mir, das sei eben so üblich."

Sra. Yajaira wischte sich die störenden Kekskrümel aus den Mundwinkeln und fuhr fort:

„Ich dachte nicht daran, mit dem Mann ein Kind zu zeugen und ließ meine Spirale dort, wo sie war. Dann blieb meine Regel aus und ich geriet in Panik."

Sie sprudelte die folgenden Abläufe so raus, als wenn sie in Eile wäre und hinterließ den Eindruck, diese furchtbare Erfahrung schnellstens loszuwerden. Das war für das Verständnis des Zuhörers nicht förderlich, weil medizinische Fachausdrücke bis dato nicht zu seinem spanischen Vokabular gehörten. Aber so viel stand fest: Der Embryo hatte sich in der Spirale verfangen, zusammen gewachsen und bedurfte einer sofortigen Operation.

„Ich kürze das Ende ab," sagte sie mit zittriger Stimme, „ich kann keine Kinder mehr bekommen."

Er: "Miercoles! Daher auch die Ehrenrunden durch Porto Allegre..!" Nun war es raus, sie presste ihr Gesicht an seine Brust, umarmte ihn, was er erwiderte; für eine lange Zeit folgte Schweigen.

„Bist Du verheiratet?" „Ja"

Sie standen auf, streiften und schüttelten den Sand ab, er zog sie an sich und so verweilten sie schon wieder eine Weile, bevor sie still den Rückweg antraten. Der Abend bescherte die beiden Verliebten mit einem Sonnenuntergang, der an Romantik nichts zu wünschen übrig ließ.

Das Bad im Meer ließen sie ausfallen.

Zurückgekehrt bedeckten sie die nackten Stellen, denn ein paar Mücken waren schon wieder auf Feindflug. Dann wuschen sie sich den Sand von Gesicht und Händen, die Abendzeremonie konnte beginnen.

„Erfahrungsgemäß müsste unsere Eisbox noch über Eiswürfel verfügen, möchtest du eine Küchen- und Bareinweisung und wir bereiten uns zusammen einen Drink?"

„Na klar, aber werden wir beide gleichzeitig dort Platz nehmen können?"

„Geht alles, du setzt dich entgegen der Fahrtrichtung auf deinen Mittelsitz, komm rein!" Sr Ernesto saß schon auf seiner Kiste. „Die Gläser befinden sich hier in dieser Ecke, Eis, mal sehen vielleicht noch in der roten Box bei dir rechts unter dem Bord. Bitte öffnen, aha, läuft doch," Eiswürfel waren auf die Gläser verteilt, „Spirituosen stehen in diesem Schrank, bar is open, was darf ich dir anbieten?"

„Un Whiskeycito por favor," bestellte Yajaira, Er schloss sich ihrer Wahl an. „Wasser, Soda, Cola?" „Nein danke, pur."

„Mi amor, lo lamento mucho," und sie stießen ganz zart mit den Getränken an.

„Was hälst du von einem Tomatensalat mit Zwiebeln, Paprika und einer schönen Dressing?"

Ohne die Antwort abzuwarten reichte er Yajaira ein Brett, Messer und bereits gewaschenes Gemüse aus der anderen

Kühlbox. Er selbst schälte und schnitt geschwind eine Zwiebel.

„Die Abfalltüte hängt immer hier über dem rechten Radkasten," nahm sie und reichte sie ihr rüber. Nun machte er sich an die Salatsoße, die er in einem ausgedienten Marmeladenglas schüttelte.

„Gewürze findest du in dieser Abteilung, que tu sepas!" und stellte die benutzten Gewürzdosen wieder zurück.

Aus dem Schrank hinter ihm entnahm er eine Plastikschüssel für den Salat und stellte sie wortlos vor Yajaira, organisierte noch ein Salatbesteck, schnitt noch Brotscheiben ab und ein paar Käsestreifen zum Abrunden des Geschmacks.

„Creo, ya estamos listos! Vamos a cenar?"

"Gehe du voran, Yajaira, und nimm mir bitte die Teile entgegen."

„Ernesto, in unserer Kultur, falls man davon sprechen kann, habe ich noch keinen Mann in unseren Familien gesehen, der Salat zubereitet. Ich muss mich an den Anblick gewöhnen und das zunächst einmal verdauen."

„Nun gut, du verdaust und ich esse den Salat auf, eine gute Arbeitsteilung! Möchtest du ein neues Glas für den Wein?"

Sie schüttelte den Kopf und damit dieses prächtige Haar. Er öffnete eine neue Flasche Tannat und kletterte ebenfalls nach draußen.

Nach dem Essen rückten beide näher zusammen, tranken den Rotwein, ließen den Tag Revue passieren und entschieden so lange zu bleiben, bis die Eiswürfel aufgetaut waren.

„Wenn die Boxen selten geöffnet werden, kann das Tage dauern," meinte Sr. Ernesto.

„Dann dauert es eben," kommentierte Yajaira lakonisch.

An diesem Abend beschlossen sie, nachts baden zu gehen. Das war doch etwas für die Seele! Und so hielten sie es in den folgenden Nächten ebenfalls. Allmählich verschob sich der Zeitrhythmus zugunsten der Nacht, der Tag verlief im Trancezustand.

Einzig das Süßwasser wäre knapp geworden. Nach Rücksprache mit dem Eigentümer durften sie eine Zapfstelle im Garten nutzen.

Der alte Mann war inzwischen bis auf wenige Zaunelemente an die beiden „heran gemalt".

„Sie können ruhig noch bleiben, sie stören ja gar nicht!" krächzte er, als sie ihn über die morgige Abreise aufklärten." Wo geht die Reise hin, wenn ich fragen darf?"

„Ushuaia!" antworteten beide im Chor.

„Die beiden sind ja ganz nett und wohlerzogen, aber dass sie mich in meinem Alter noch so auf die Schippe nehmen müssen, nein, das gehört sich nicht", urteilte er, während er wieder die blaue Farbe auf dem Zaun verstrich.

In den vergangenen Tagen hatten die beiden eng umarmt ausgedehnte Spaziergänge unternommen. Das Wetter hatte es gut mit ihnen gemeint und sie hatten es reichlich genutzt. Sr. Ernesto hatte begeistert von seinem Internatsleben erzählt, der Landschaft, den Sportmöglichkeiten, Kurse (von Koch- bis Tanz-) aller Art und Weiterbildung in Arbeitsgemeinschaften.

„Wie kannst du dich dort wohlfühlen? War dir das nicht zu stressig mit den Vorschriften, Regeln und minutiösem Tagesablauf?"

„Naja, anfangs schon, aber dann sah ich den Sinn ein und habe mich damit arrangiert. Und wie ich schon sagte, der Spaß überwog das manchmal trockene Programm. Und außerdem: Zu Hause fühlte ich mich nicht wohl, in unserem Viertel wohnten fast nur Rentner, mit meiner Schwester konnte ich nichts anfangen, mein Vater verbot mir den Umgang mit zwei Anwaltssöhnen, die in der Nähe wohnten, „weil Anwälte alle lügen", meine Mutter empfahl mir, mich von Juden und anderen Sozialisten fern zu halten, und Katholiken lügen sowieso alle. Die Lösung hieße: Protestantische Kinder, aber die gab es in meinem Alter nicht. Ja, für mich war das Internatsleben eine ganz tolle Erfahrung, die ich nicht missen möchte, das hätte ich auch dir gern gegönnt!

Ich wurde sozusagen im Herbst 1967 durch meinen Vater in jener Institution entsorgt. Ich erlangte pünktlich durch mein Verhalten das

Recht, die Schulkleidung zu tragen, die Du bei Verstößen gegen die Regeln unter dem Spott deiner Mitschüler flugs nicht mehr tragen durftest. Da ich schon vorher Hockey spielte, wurde ich in die Schulmannschaft aufgenommen. So wurden die Wochenenden abwechslungsreicher, weil wir zu Spielen in die umliegenden Großstädte fuhren, manchmal auch zu Turnieren. Dann übernachteten wir in Jugendherbergen."

„Und die anderen Zöglinge?" fragte Yajaira.

Die mussten sich mit ihrer gewohnten Umgebung abfinden und den Trott der Woche-, sprich: Mahlzeiten und andere zeitlich festgelegten Tatsachen wie Bettruhe etc. einhalten.

„Sicherlich hattest du es gut, allein mit welchem Gesichtsausdruck du die sieben Jahre gebündelt schildertest."

„Nein-, ich hatte es sehr gut, verursacht durch ein rücksichtsloses Verhalten meiner Mitschüler, wenn ich diese Erfahrung noch eben einfügen darf."

„Adelante, ich lausche!"

„Wie schon erwähnt, Hockey war der Schulsport. Im Winter spielten wir in Hallen statt auf dem Rasen. So kamen wir nach einem Auswärtsspiel zurück. Während meiner Abwesenheit hatte es geschneit. Dieser Umstand verleitete die übrigen Mitschüler zu Schneeballschlachten, was ganz normal ist oder gewesen wäre, wenn die Parteien vor der Schlacht die Fenster der Schlafstuben geschlossen hätten. So fand ich mein Bett durchnässt vor. Verausgabt durch das Spiel war ich nervlich am Ende und dem Heulen nah."

„Verständlich."

„Danke für's Mitgefühl. Das hatte auch die diensthabende Dame des Hauses, die ich mit der Bitte um Hilfe aufsuchte. Sie war die Schwester und somit Vertretung der Hausdame, die mit ihrem Mann und Kindern jedes 2. Wochenende in der Wohnung der Schwester in Hamburg verbrachte, während jene den Dienst in unserem Haus schob. Soweit verständlich?"

Si, mi amor!"

67

„Normalerweise regelt sich eine Gemeinschaft allein, weil die Hausältesten den Hut aufhaben; in meinem Falle aber keine Lösung für frische und trockene Bettwäsche finden konnten. Also suchte ich die Vertretungsdame in der Hauselternwohnung am Ende des Flurs auf und schilderte ihr mein Pech."

Sr. Ernesto zögerte etwas beim Fortfahren der Schilderung jener Begegnung, die der Anfang einer mehrjährigen, innigen und intimen Verbindung werden sollte. Bisher hatte niemand von dieser Freundschaft erfahren. Hier, fernab vom europäischen Geschehen konnte Sr. Ernesto seine erlebten Gefühle endlich einmal „loswerden".

„Und-, folgt noch etwas, hast du trockene Bettwäsche bekommen?" bohrte die Lauschende nach.

Kleinlaut kam die Erklärung:

„Sie stellte sich mit Annette vor und fragte nach meinem Namen. Nachdem diese Förmlichkeiten geklärt waren, bat sie mich, dort auf mich zu warten. Sie eilte davon. Durch die Tür hatte ich gehört, wie sie meinen Stubenbewohnern eine Rede hielt und meine Umquartierung ankündigte. Als sie mit dem Bündel meiner durchnässten Bettwäsche zurück kam, erklärte sie mir, dass mein Bett trocknen müsse und ich heute hier bei ihr übernachte. Das war ein Befehl und keine Diskussionsgrundlage.

Zu dem folgenden Ablauf des Abends möchte ich vorausschicken, dass ich in dem Alter schon eine gewisse Ahnung der biologischen Unterschiede der Geschlechter hatte und hatte auch schon von den Bienchen usw. gehört, dass die nicht nur Honig sammeln, sondern auch „Honey moon" zelebrieren. An jenem Abend erhielt ich eine Antwort auf alle offenen Fragen."

„Du hast..?"

„Nein, wir, d.h. erst Sie, dann wir.."

„..miteinander..?"

„Erst gemeinsam unter der Dusche, dann..."

Es folgte ein Vortrag über Verführung eines Minderjährigen, Verletzung der Aufsichtspflicht, Ausnutzung der Notlage usw. Sra. Yajaira war nicht zu bremsen-, geschweige denn zu unterbrechen.

Er hingegen war ganz ruhig geblieben und stimmte allen Anklagepunkten (soweit bekannt) zu und erwiderte:

„Es war Liebe und hielt Jahre. Keiner hatte je von unserer gegenseitigen Zuneigung eine Ahnung. Es kam sogar noch besser: Ich hatte auf dem staatliche Gymnasium mit Latein begonnen, dort mit Englisch. In Mathematik war ich an Alegbra gescheitert, dort waren sie mit Bruch- und Dezimalrechnung durch. Dieses Manko wurde durch Lehrerbeschluss von Annette in den folgenden Monaten jeweils am Wochenende kompensiert. Natürlich blieb ein Hänseln meiner Mitschüler nicht aus. Sie bemerkten jedoch meine englischen und mathematischen Fortschritte.

Logischerweise konnte ich nicht an den zukünftigen Wochenenden bei ihr übernachten, weil der Grund nun „getrocknet" war. Der Zufall wollte es, dass Freunde meiner Eltern mich auf ihre Yacht einluden, die wenige Kilometer weiter im Hafen lag. Merkwürdigerweise wurde diese

Einladung stets auch zukünftig akzeptiert, denn ich bekam durch sie Kuchen von Mutter und Tante geschickt, die ich abholte. So kam ich mit Kuchen am Sonntag wieder, der im offiziellen „Muffelschrank" verwahrt werden musste."

„Und das flog nicht auf?"

„Doch.., aber dezent."

„Jetzt wird es aber kitzelig, Ernesto! Wie kann denn eine dermaßen delikate Story dezent publik werden, bitte?"

„Ganz einfach, es gab nur einen Ausrutscher während dieser beinahe perfekten Affäre; wir hatten uns zu sicher gefühlt. Annette war schon an einem Freitag erschienen. Den Nachmittag verbrachten wir.."

„..ich kann es mir denken!"

„Zu der Zeit hätte ich aber Chorprobe ableisten müssen, um am Samstag in der Andacht zu singen. Total verschwitzt."

„Aha, jetzt kommt es aber"!

„Nein! Der Chorlehrer blieb ganz ruhig; zitierte mich nach dem Abendessen in den

Musiksaal und deutete an, dass ich ja mal allein die Andacht gestalten könne. Er fragte nicht nach dem Grund meiner Abwesenheit. Die Erklärung kam verschlüsselt."

„Ein Ratespiel?"

Der Lehrer schlug vor, ein Gedicht vorzutragen und hatte schon eins parat. Es war das Gedicht von Frau Droste-Hülshoff mit dem Titel: „Die Vergeltung". Und nun rate mal den Vornamen der Dichterin.

„No tengo idea!"

„Annette."

„Ich errötete bei dem Namen. Kein Kommentar. Nur ein Lächeln verriet den Lehrer, das er mehr wusste als er zugeben konnte und wollte."

„Und, hast du vorgetragen?"

„Ja, vielleicht nicht mit allen Betonungen, aber ich tat es und hatte durch die Blume verstanden, dass ich unter Beobachtung stand, d.h. Annette und ich. Inzwischen war ich 14 Jahre alt und hatte gelernt, auf Andeutungen zu achten und sie richtig zu interpretieren. Wichtiger war für mich aber die Tatsache, allein vor einer Masse Menschen zu stehen, um Musik, ein Gedicht oder einen Gesang vorzutragen. So sang ich auch einmal solo in der Dorfkirche einen Choral aus Bachs Weihnachtsoratorium."

„Wieso? Musik und Gesang sind doch dasselbe, oder?"

„Ja, ich war nun auch noch ein Flötist, seit meinem 4. Lebensjahr. So spielte ich auch allein in der Andacht so manches Stück aus dem Klavierbächlein für Anna-Magdalena Bach. Ich nahm die Noten mit zu Annette. Sie hatte ihre Gitarre dabei. Wir lernten „Willst Du die Herz mir schenken"

„So kamst Du also zu Bach, daher die vielen Musikkassetten im Cockpit!"

„Eine Internatsschule ist doch wie eine Kleinstadt, oder Staat, mit allen Strukturen im Kleinen. Ich wurde durch diese Begegnungen trainiert, zwischen den Zeilen zu lesen, Blicke, Verhaltensweisen etc. zu interpretieren, gleichgültig ob es sich um Kompetenzgerangel, Kleinkrieg oder knisternde Erotik handelte. Das zur

Ergänzung des Lehrplans, der weitere Themen zum Erlernen anbot: So wurde ich an das Bedienen einer Drehbank gewöhnt, mit der wir auch drechselten. Später kam eine Drechselbank hinzu.

Die Drehbank spielte insofern noch eine große Rolle, als unsere Werkgruppe durch Zufall Elektron-Schrott fanden. Unser „Chemiker" unterzog die ersten Späne der Entflammbarkeit. Und siehe da: Sehr reaktionsfreudiges Material-, und wir hatten zentnerweise. So drehte ich in der Freizeit Span um Span. Nicht ahnend, dass der Drehstahl stumpf wird, sorgte ich für die Produktion eines stattlichen Haufens, der sich unter der Drehbank ansammelte. So kam es, dass der stumpfe Drehstahl in die Glühphase überging, den zarten Span vor dem Herabfallen entzündete, dieser dann in den Haufen auf dem Holzfußboden fiel und eine Kettenreaktion hervorrief. Sie war sehr beeindruckend.

Mit Wasser konnten wir nicht löschen, das hatten wir vorher erprobt. Das Wasser sorgte im Gegenteil für Vorschub des Brandes.

So raste ich die Treppen in jenem alten Schloss empor zur Wohnung des Werklehrers; keine Antwort, weder auf Klingeln noch Klopfen.

Nun hatte ich aber auch gelernt, mir Schlüssel selbst zu feilen, so für alle Fälle. In dem alten Gebäude von 1685, dem Geburtsjahr von J. S. Bach, war es einfach, die Schlösser zu „knacken".

Als ich auf der Westseite jener Wohnung nicht erhört wurde, rannte ich hinunter zum Erdgeschoss, durchquerte es durch die in Flammen stehende Werkstatt, keuchte die Treppe auf der Schulseite empor, hetzte durch das Lehrerzimmer und den Musiksaal zum anderen Ende der Lehrerwohnung, Schlüssel passte, ich rein, rief, keine Antwort.

Nur ein / zwei Stöhnen. Chef-Köchin rittlings auf Lehrer, sehr gelungener Anblick.

Ich: „Das Schloss brennt!"

Er lakonisch: „Ich komme gleich, geh mal vor...!"

„Was auch immer das zu bedeuten hatte. In der Werkstatt waren meine Kameraden auf die Idee gekommen, den Sand vor der Tür auf den Brandherd zu werfen. Die dicke Wandverkleidung qualmte noch etwas, war aber schon vor Eintreffen des Lehrers gelöscht."

„Und keine Strafe?"

„Nein. Der Lehrer ging wieder nach oben. Jahre später kam deren Klüngel raus und erst sie und später er wurden entlassen. Und die Inkarnation der Doppelmoral war die sogenannte Hausdame, die im Schloss wohnte, neben der Ambulanz und diese wiederum als Nachbar der Werkstatt. Sie war zu Zeiten von Adolf dem Letzten Gauleiterin einer BDM-Schar und soff jeden Abend mit dem Lateinlehrer in ihrer Wohnung."

„Und das ist sicher?"

„Klar, ich wohnte dann im 2. Jahr im Schloss, genau über der Hausdame im 1. Stock. So hörten wir, wenn der luftgekühlte Fiat 500 des Lateinlehrers abends über den Kies des Hofes knirschte, das klirrende 6-Pack hineingetragen wurde, die

Wohnungstür zu-, und die Zweierparty losging."

„Die Dame hatte also eine bräunliche Vergangenheit?"

„Eher tiefbraun."

„Und ihr Knutschidello?"

„Angeblich Militärgeistlicher."

„Und deren Verhältnis wurde geduldet?"

„Sieht so aus, denn der Internatsleiter war ehemaliges Mitglied der SS, namentlich Waffen-SS, beritten. Aber dann fiel er vom Pferd, erholte sich und war fortan im Rassehauptamt mit dem Vermessen von Schädeln beschäftigt."

„Das ist ja grausam!" entfuhr es Sra, Yajaira, „Dein Kollegium ist ist ja wie meine royalistische Internatsleitung und dessen Politik in Braun. Und die anderen Mitglieder des Kollegiums?"

„Die waren wesentlich jünger und bei Kriegsende vielleicht 10 Jahre jung, mussten sich jedoch in die Doppelmoral der braunen Direktion einfügen. Ich könnte noch weitere

Belege zur Veranschaulichung beitragen, denn in sieben Jahren passieren allerlei Sachen. Aber wem erzähle ich das? Jetzt reicht es erst einmal, das Pensum ist erfüllt und kann unter der Rubrik „Ulk" abgebucht werden."

„Na gut, aber sicherlich möchtest Du mir noch weitere Schwanks aus Deinem Leben mitteilen, oder?"

„Diese Reise, meine holde Copilotin, gab und gibt mir Gelegenheit darüber nachzudenken, was bisher passierte und warum. Möchte ich die Fremdbestimmung beibehalten oder abschütteln? Ich habe endlich Zeit für mich. Keine Kasernierung, Großraumbüros oder Familie. Ich bin hier eins mit ein paar Quadratmetern meines Autos und in den scheinbar unendlichen Weiten Südamerikas und nun speziell nahe Patagonien frei. Ich genieße z.B. die finanzielle Freiheit durch meine Ersparnisse aus meinem Engagement bei der Flores-Firma in Caracas. Die Arbeit war ein Glücksfall, gleichwohl durch familiäre Beziehungen eingefädelt und bei meinem Einstellungsgespräch mit Sr. Flores in der

Lobby des Hotels Vier Jahreszeiten in Hamburg hatte ich mich wohl qualifiziert. Zu dieser Laufbahn fühlte ich mich aber nicht berufen."

„Wozu denn?"

„Willst Du das wirklich erfahren? Sollten wir nicht einfach an unsere Weiterfahrt denken?"

„Aber je mehr wir Zeit mit Gesprächen verbringen, desto mehr verzögern wir die Ankunft auf Feuerland und meinen / unseren Abschied. Also los, ich höre!"

Eigentlich fühlte ich mich dazu berufen, Pilot zu werden. Es bestand die Regelung, dass ich mit dem Schulabschluss nach bestandenem Eignungstest-, anstatt Militärdienst abzuleisten, bei der Lufthansa meine Ausbildung hätte beginnen können."

Er wurde unterbrochen:

„Dass du voll fit bist, kann ich jedem bestätigen!"

„Darf ich fortfahren?"

„Ich bitte drum!"

„Aber, in meiner Familie kannst du nicht so einfach den Beruf ergreifen, zu dem du dich berufen fühlst: Nein! Alle reden sie mit, beeinflussen dich und bekommen dich auf die Linie, die ihnen nun mal in den Sinn gekommen ist. Ich darf vorausschicken, dass fast alle Onkel, Tanten, Cousins und Cousinen väterlicherseits Mediziner sind, einschließend meinen Vater und Großvater; meine Schwester hat just ihr Medizinstudium aufgenommen; mütterlicherseits: Juristen. Welche Argumente ich auch erwähnte, Pilot war nicht drin. Jene Diskussionen begannen bereits fünf Jahre vor meinem Schulabschluss jeweils während der Ferien, die ich zu jenem Zeitpunkt noch zu Hause und / oder bei Annette verlebte. So beschloss ich, die verbleibenden Internatsjahre so gut wie möglich, „interniert"-, aber dennoch frei von Familie glücklich zu verbringen. Ich frequentierte häufig die Schulbibliothek, las Reisebeschreibungen, wälzte Atlanten, entdeckte Patagonien und Feuerland und beschloss, die nächstbeste Gelegenheit beim Schopfe zu ergreifen, um dorthin zu fahren. Du bemerkst sicherlich gerade die historische Epoche in meinem Leben, an der du partizipieren darfst! Langweile ich dich?"

„Nein, entgegnete sie," und umklammerte seine Hand noch fester.

„Also, Plan „B", den ich mir so vorstellte: Wenn ich nun schon zum Militär muss, dann versuche ich etwas Nützlicheres zu tun, als unter Waffen Spaziergänge o. dgl. zu unternehmen, asi no es?

Bei der Musterung gab ich an, nicht den normalen Wehrdienst ableisten zu wollen, sondern freiwillig zwei Jahre zu dienen, um so die Waffengattung selbst auswählen zu können, bei der ich etwas für das Leben danach lernen konnte. Ich bewarb mich also beim Sanitätsdienst. Warum? Weil ich dort auf Staatskosten mich selbst testen kann, ob ich mich zum Mediziner eigne oder nicht. Falle ich durch, wird neu gedacht und geplant. Bestehe ich aber vor der Bundeswehr und mir selbst, so hätte ich die Chance, bei der Bundeswehr Medizin zu studieren. Auf diese Weise wäre die obligatorische Militärzeit so oder so sinnvoll genutzt. Eine zweijährige Medizinerfahrung wäre schon sinnvoll gewesen. Dir fiel soeben auf, dass ich den Konjunktiv benutzte, denn: An meinem Geburtstag reisten meine Mutter und ihr Bruder, der mein Patenonkel ist, ins Internat an. Stolz erklärte ich meine durchdachten Zukunftspläne."

„Also, Medizin geht ja wohl gar nicht," legte mein Oheim fest, „du musst zu einer kämpfenden Truppe!"

Meine Mutter: „Besser du machst, was er sagt."

Das war der historische Moment, in dem den festen Entschluss fasste, nur noch mit dem Minimum an Aufwand ein Maximum zu erreichen.

Ich stattete am nächsten Tag dem Kreiswehrersatzamt einen erneuten Besuch ab, erklärte dem Sachbearbeiter, dass ich nunmehr bei einer kämpfenden Truppe dienen möchte. So verrannen zwei sinnlose Jahre bei einer Einheit, bei der ich Nuklearköpfe für Raketen bewachte, im Verteidigungsfalle transportierte und feldmäßig sicherte, und bei drohendem Feindzugriff zu entschärfen lernte. Die meiste Zeit stand ich aber in der norddeutschen Tiefebene im Sommer wie im Winter auf der Wache neben Bunkern und kämpfte. Kannst du dir vorstellen, wogegen?"

„Ninguna idea, mi amor."

„Gegen kalte Füße! Auch schon während der Schulzeit litt ich darunter. Nur im Sommer, als wir Gruppenreisen nach Spanien, Südfrankreich, Italien, Jugoslawien, Griechenland und in die Türkei unternahmen, da waren sie warm." „Und jetzt?" fragte sie verschmitzt.

„In deiner Nähe ist alles heiß."

„Wenn das so ist, dann sollten wir jetzt geschwind den Heimweg antreten, komm, wir laufen!"

Nach ein paar hundert Metern schwand die Kondition, langsam gingen sie weiter.

„Ich berichte dir noch von den letzten beiden Jahren in Deutschland, das schaffe ich, bis wir am Wagen ankommen: Durch die bisherigen Erfahrungen mit meinen Verwandten kam ich zu dem Schluss, gute Miene zu ihrem Spiel zu machen, jedoch die nächste Gelegenheit zu ergreifen, aus deren Strickmuster zu fliehen. Nach der Armee erlernte ich, wie schon erwähnt den papiertechnischen Ablauf des Schifffahrtswesens, bestand sogar die Prüfung, und bewarb mich um einen Posten in Venezuela. Pause. Wir sind da!"

Nach der wohl verdienten Mittagspause begannen sie, die Abreise vorzubereiten. Als das Nötigste verstaut und verzurrt war, studierten Yajaira und Ernesto die Karte und das South American Handbook. Er holte noch eine Rolle hervor.

„Schau mal, als ich die Reise plante und in den Reiseführern las, zog ich auf den Seiten der Rolle eine senkrechte Linie, die ich mit den Namen der wichtigsten Städte auf der geplanten Route versah. Verfeinert habe ich dann die Route beim Lesen über die Attraktionen, die neben oder auch abseits der Strecke lagen. Um hier nicht zu viel zu malen und zu schreiben, siehst du hier das jeweilige Buch nebst Seitenzahl vermerkt, auf der die antike Stätte usw. beschrieben wird. Da die Strecke immer länger wurde, heftete ich den weiteren Verlauf stets an die bestehende Rolle. Bis jetzt hat sich das Werk bewährt, sieht ja auch schon abgegriffen aus.

Ich habe diese Reise drei Jahre lang vorbereitet und bin eigentlich sehr zufrieden.

Es fehlte mir eigentlich nur ein Schnellkochtopf und ich prägte mir bereits die Vokabel, olla a precion, ein. Aber bisher konnte ich keinen finden und verschob den Kauf auf europäisch angehauchte Gegenden. Aber nun werde ich keinen mehr kaufen."

„Weil...?"

„..wir so mehr Zeit während des Garens für bessere Dinge haben, da muss der Reis nicht unbedingt al dente ausfallen, oder?"

„Sehr rücksichtsvoll!"

Und dann fuhren sie abwechselnd mit dem Finger über die Karte, lasen aus dem Buch, verwarfen den vorherigen Gedanken, um einen anderen zu vertiefen. Sie stimmten beide darüber ein, die Städte möglichst zu meiden.

„Allerdings," meinte Ernesto, „würde ich gern morgen eine Wäscherei aufsuchen, vielleicht schon in Punta del Este, dann sind wir mit dem Thema durch."

„Und in der Zwischenzeit frischen wir wieder unsere Bestände auf, was meinst du, wir sollten noch 2 weitere Kisten von dem Tannat organisieren, der ist wunderbar. Hattest du schon mal Probleme an einer Grenze?"

„Eigentlich nicht, zumindest nicht mit Alkohol."

„Und dann gehen wir ein Eis essen!" frohlockte sie.

Es war Montagmorgen. Sr. Ernesto erinnerte sich an das Erlebnis eine Woche zuvor und fragte sich, wie es wohl Christina ginge. Arbeitete sie hart am ihrem Schulabschluss?

Sra. Yajaira dachte an ihre Schwester und hielt ein Telefonat für angebracht. „Ernesto, von wo kann ich meine Schwester anrufen?" „Also, gute Idee, ich könnte auch mal wieder ein Lebenszeichen von mir geben. Meistens sind die Telegrafenämter in entsetzlich engen Gassen, womöglich noch im historischen Zentrum untergebracht, ohne Parkplatz.

Um diesem Stress zu entgehen, fahre ich meistens zu einem Hotel mit großem

Parkplatz, noch besser mit Bewachung, bestelle das Telefonat und warte in der Lobby je nach Tageszeit bei einem Tee oder Drink auf das Telefonat. Das ist zwar teurer, aber erstens ruhiger und womöglich hygienischer. Du kennst inzwischen meinen Spleen in Richtung Händewaschen."

„Das hört sich entspannt an!"

„Nur kein Stress, si, mi amor? Bleib du noch etwas liegen, heute bin ich mit Frühstück dran, bin gleich wieder da."

Yajaira atmete tief durch, kuschelte sich nochmal ein und hörte Ernesto unten klappern.

Ein wenig verrückt ist er wohl. Entdeckt in frühester Jugend Patagonien, ist vernarrt in den Begriff, träumt jahrelang davon, plant und bereitet die Reise vor und fährt von Caracas via Panamericana entlang der Westküste, quert Südamerika, um an der Atlantikküste bis nach Feuerland zu gelangen; in einem Auto, das nur 3,77 m kurz ist, aber mit 1. Stock und sehr gut ausgerüstet.

Sie versuchte sich die Polizeisperren vorzustellen, die alle hundert Kilometer die Straßen kontrollierten, besetzt mit korrupten Beamten, Grenzübergänge, die nicht so wie Chuy funktionierten, die ständige Angst, ausgeraubt, bedroht oder in einen Verkehrsunfall verwickelt zu werden.

Ihr Vater hatte es abgelehnt, mit der damals noch jungen Familie nach Maracaibo zu fahren, weil er keine Lust hatte, sich mit der Polizei anzulegen und fürchtete die Unfälle. Und Ernesto hatte kein weiteres Problem als das Fehlen eines Schnellkochtopfes.

„Madam, darf ich servieren?"

Irgendwann beendeten sie ihr morgendliches Ritual, hatten alles verstaut, vom Opa verabschiedet und für den Hügel gedankt, Sr. Ernesto hob Yajaira auf den Sitz, schloß die Tür, stieg selbst ein und sie fuhren los. In La Barra überquerten sie eine Brücke, die wellenartig den Fluss überspannte.

Wenig später erreichten sie Punta del Este, erledigten das Programm schneller als erwartet und näherten sich schon am Nachmittag Montevideo. Sie ließen sich im

Stadtverkehr treiben und folgten ungefähr dem Strom in Richtung Westen, bewunderten die musealen Autos und begaben sich nach Colonia.

Yajaira stattete dem Fährbüro einen Besuch ab und kam mit der Auskunft wieder: „Mi amor, der Dampfer geht täglich um 13.30 h, für die Tickets reicht es, um 11.00 Uhr hier zu erscheinen. Ich fragte nach einem Hotel mit Parkplatz, sie empfahlen das „El Mirador", wir sind da vorhin vorbeigekommen, also nur umdrehen, und einen Kilometer zurück. Ich packe schon mal meine Sachen ein."

Wenig später parkten sie den Wagen, sie checkte ein und kam zum Auto zurück, um gemeinsam mit Sr. Ernesto den Wagen zu sichern.

„Wollen wir im Pool baden?" „Tolle Idee!"

Im Zimmer duschten sie ausnahmsweise nur kurz, um es gleich darauf in Richtung Nicht-Schwimmerbecken in Hotel-Bademänteln zu verlassen. Sie waren ganz allein, es dämmerte und der Mond ging auf, nein, Vollmond.

„Kann uns jemand beobachten?"

Er, umschauend: „Nein."

Sie fuhren mit dem Lift wieder auf's Zimmer, zogen sich um und begaben sich zum Buffet.

„Bist du mit der Hotelwahl zufrieden?"

„Oh sehr, my dear, fishing for compliments?"

"Immer!"

„Und vielen Dank für die Mondbeleuchtung, war das im Preis inbegriffen?"

„Nein, habe ich aushandeln müssen. Magst du Shrimps gern?"

„Ja!"

„Sieht man!"

„Warte mal ab, auf Feuerland gibt es Centollas, die werden dir schmecken!"

3. Kapitel

Die Fähre legte pünktlich ab, quietschend fuhr die Rampe hoch, die Taue eingeholt und Kurs auf Buenos Aires genommen. „Wir haben eine Fahrzeit von ca. zwei Stunden," zitierte Yajaira den Fahrplan.

„Wir sollten den Wagen aufräumen, hier gibt es nur Wasser zu sehen."

Sr. Ernesto hatte eine gewisse Vorahnung.

„Sage bitte nichts, ich weiß," begann Sra. Yajaira, „aber seit meiner Operation ist nun ein Jahr der Schonung vergangen, da besteht ein gewisser Nachholbedarf auf der anderen Seite, und...", sie hielt inne.

„Und...?" bohrte Sr. Ernesto nach. „...du bist meine Nummer zwei in meinem Leben und tu eres muy caliente. Ich mag dich, ich möchte dich dauernd fühlen, du tust mir gut. Gefallen dir die Wellen des Rio de la Plata und das dadurch verursachte Schaukeln des

Schiffes und damit unseres Bettes auch so sehr?"

Die Fahrt verlangsamte und das Anlegen stand bevor. Sie kleideten sich an und hielten ihre Papiere bereit.

„Yajaira, bitte keine Witze und Anspielungen. Das Land legt sich gerade mit England wegen der Falklandinseln an und rasselt mit den Säbeln. Außerdem herrscht hier Willkür durch eine Militärdiktatur und du wanderst schneller ab als du dir vorstellen kannst. Ich bin schon an der Grenze zu Bolivien, bei La Quiaca, auf jene Helden gestoßen, ich sage dir nur eins: Mucho cuidado!"

„Es sind die Malvinas argentinas" trotze Yajaira und ließ ihren Charme bei den Grenzern spielen.

Wenig später rollten sie durch die Stadt mit ihren breiten Avenidas, denen sie beim besten Willen nichts abgewinnen konnten und somit aus dem Häusermeer raus und auf die Routa 3 flohen.

Yajaira studierte die neu erstandene Karte des argentinischen Automobilclubs. Es waren zwar noch über dreitausend Kilometer bis zum Ende der Routa 3, aber bei fünfhundert pro Tag ist das Ende sehr nahe. Auf beiden Seiten der Straße erstreckten sich flach und bis zum Horizont umzäunte Weideflächen, auf denen die Steaks wuchsen. Bei Tres Arroyos legten sie einen Stopp ein, probierten die leckeren Filets in einer kleinen Taverne, dessen Besitzer stets vor dem Fernsehschirm saß und Fußball glotzte. „Wissen sie, ich kein kein Fanatiker, aber Argentinien wird die WM 82 gewinnen!"

Bei Bahia Blanca brannte die Sonne so stark, dass sie sich die Arme eincremten. Sie fuhren in die Nähe des Hafens, wo sie Sowjet-Schiffe beim Verladen von Getreide erspähten. Bei einer Polizeikontrolle vor Viedma spielte sich ein junger Beamter auf, der die Funktion der Blinker bemängelte, sein älterer Chef fand sie gut.

Tagebucheintrag 13.3.1982: Überschreite den Rio Colorado 13.45 h , Et in Patagonia ego!

Bei San Antonio Oeste war die Landschaft grün, kein Baum, nur Zäune, im Westen zwei kleine Hügelketten, Sierra Grande, sie bogen von der Routa 3 ab auf die Valdes-Halbinsel, wo sie im Örtchen Puerto Pyramide ein Hotel nahmen.

Während der vergangenen Tage hatte Yajaira nach der Tätigkeit Ernestos in Venezuela gefragt und einen ausführlichen Bericht erhalten. Sie resümierte: „Du sorgtest dafür, dass die von der Reederei bereitgestellten Verpackungen, sprich Container, nur kurzzeitig an Land waren, der Umlauf schnell erfolgen sollte. Ich sage dir eins: Ich half ja meinem Großvater, die Kosten zu minimieren, nach dem Fleischerladen, du erinnerst dich. Er handelt, installiert und wartet Telefonanlagen, Zentralen, Telefone und alles, was dazu gehört. Das Zeug kam u.a. aus Deutschland. Er verdient ein irres Geld damit, weil sein Laden pedantisch geführt und durch mich kontrolliert wurde.

Die Ware wurde ordentlich verzollt und kam bei uns in Caracas per Trailer im Container an die Rampe des Lagers und wurde entladen.

Es war uns klar, dass wir den Boden von den Verpackungsresten, Kartons und Spanngurten reinigen mussten und den Container schnell zurück schicken mussten. Soll heißen: Wir handelten so, wie wir auch behandelt werden wollten. Da kam eines Tages, und zwar ab 1979, eine neue Mode auf, in der sich die Schifffahrtsagentur, in diesem Falle die Containerabteilung bequemte, uns die Ware anzukündigen, uns die Spielregeln mitteilte, falls es zum Verzug der Container-Rücklieferung kommen sollte, und ach ja, dass der Container bitte besenrein zu sein hat." Yajaira war in ihrem Element. „Allein die Unterschrift von dem Abteilungsleiter, que abusador, te lo digo!"

Sr. Ernesto hatte daraufhin eine Parkgelegenheit gesucht, gefunden und angehalten. Es erschien ihm sicherer, das zu Unrecht befürchtete Gewitter im Stand über ihn ergehen zu lassen.

„Was ist nun, Ernesto?"

Schweigend nahm er Block und Stift, kritzelte etwas und reichte ihr seine Unterschrift.

„Eure Firma heißt Teletakt S.A., nicht wahr? Eine der wenigen, die sich an die Regeln hielten."

„Oh, das ist deine Unterschrift, bist du mir böse?"

„Wie denn? Komm, wir schließen ab und wandern den Weg an der Kuhwiese längs."

„Schau, vor meiner Zeit wurde die Containerkontrolle nicht sehr ernst genommen. Daher heuerten sie mich an. Ich musste anfangen, alle Kunden auf gewisse Normen einzustimmen, alte sowie neue Kunden, und bei jedem Schiff und jeder Sendung erneut. Und nach drei Jahren hatten die meisten das Spiel begriffen, so auch alle Mitarbeiter in der Abteilung und ich war überflüssig. Und Geld hatte ich auch angespart. Also ging ich.

Das Interessante war aber, die verschollenen Container dem System wieder zuzuführen. Während also stets neue Container ins Land kamen, die es so schnell wie möglich verlassen sollten, war ich mit Altlasten auch noch beschäftigt. Du magst annehmen, dass die sechs und zwölf Meter langen Kisten sich schwerlich in Luft auflösen? Das geht richtig schnell! So flog ich durch Venezuela und zu säumigen Kunden in Barinas, Barquisimeto, San Antonio de Tachira, Marguerita, Ciudad Bolivar, Maracaibo und so weiter und mit dem Auto tausende von Kilometern auf der Landstraße. Und: In den drei Jahren steigerte sich das importierte Container-Volumen um das zehnfache, und statt drei Containerlinien waren es sieben, die wir vertraten. Und zum Abschluss: All das bewerkstelligten wir mit der gleichen Mannschaft."

„Hat deine Firma das honoriert!"

„Oh-, sicherlich, sonst wanderten wir beide nicht händchenhaltend durch Patagonien."

Auf der Valdes besuchten sie die Strände mit tausenden von Seelöwen und See-Elefanten und mussten achtgeben, den Magellan-pinguinen nicht auf die Füße zu treten, so dicht kamen die Tiere ohne Scheu an sie heran, anschließend unternahmen sie einen Abstecher zum Salar Grande, dessen Boden sich 35 m unter dem Meeresspiegel liegt.

Wind war aufgekommen, sie fröstelten und zogen sich der Witterung entsprechend wärmer an. Sie verließen die Halbinsel. Seit einiger Zeit bestand die Straße, das heißt die Trasse, nur aus Schotter. Ernesto hatte gelesen, bei entgegenkommenden Fahrzeugen die flache Hand an die Scheibe zu pressen, um sie so zu entspannen, falls sie von Steinschlag getroffen werde. Andernfalls würde sie zersplittern. „Das ist der patagonische Autofahrergruß!"

Yajaira sah zunehmend mehr Wagen, deren Frontscheibe durch ein Gitter geschützt war, mit der Ausnahme eines kleinen Sehschlitzes. Also, so unbegründet schien die Sache nicht zu sein und so grüßte auch sie alle Autos entsprechend.

Sie passierten Puerto Madryn, die Route führte dann über ein Plateau, später Trelew, Nebel kam auf, dann Nieselregen. In Commodoro Rivadavia standen hunderte von Bohrtürmen und Ölpumpen, in der feuchten Luft lag der Gestank von Öl und Schwefel.

Auch weiter südlich, in Caleta Olivia, wurde Öl gepumpt. Sodann bogen sie rechts nach Westen ab und folgten dem Schild zu einem versteinerten Wald. Richtig sollte es heißen: 86 km zu 5 versteinerten, liegenden Bäumen.

Die beiden waren nicht sonderlich beeindruckt und beschlossen, die Nacht in dieser Wüste mit Tafelbergen, Nandus und Flamingos, zu verbringen.

Der Schrank von Parkwächter hatte nichts dagegen.

Als sie morgens die Küste erreichten, setzte Regen ein, erst mäßig, dann zunehmend. Südlich von Puerto Julian hatte der Regen die Trasse in eine Rutschbahn verwandelt. Fahrzeuge ohne Allradantrieb blieben an den Steigungen liegen. Ernesto überlegte, hier Hilfe zu leisten, was er sicherlich für ein einzelnes Auto getan hätte, aber nicht für zwölf und mehr. Außerdem erlitt der Jeep einen Plattfuß. Sie wechselten gemeinsam den Reifen in ergiebigsten patagonischem Regen. Er registrierte erfreut, wie eine verhinderte Miss Venezuela die mit Matsch verschmierten Radmuttern hielt. Nein, es war nicht der beste Tag, aber er schweißte beide noch enger zusammen. Bald darauf erreichten sie durchnässt Rio Gallegos. Sie kamen im Hotel Santa Cruz unter, Zimmer mit Badewanne, alle Strapazen waren vergessen und sie wärmten sich durch. Die

Gläser standen mit dem letzten Tropfen aus Uruguay auf dem Wannenrand und die beiden hatten wieder ihren Spaß.

Sr. Ernesto verließ als erster das Bad, kleidete sich an und verabschiedete sich an die Bar. Bald darauf nahmen sie gemeinsam im Speiseraum Platz und konnten inzwischen über den Regen lachen.

Tags darauf war schon wieder Montag, die Iden des März. Um 09.00 Uhr, wie vereinbart, klopfte es an der Tür. Die Dame des Hauses selbst brachte einen Geburtstagskuchen mit einer brennenden Kerze und ein opulentes Frühstück. Sra. Yajaira durfte erst nach Verlassen der Dame die Augen öffnen und schon rannen dicke Tränen vor Rührung die Wangen hinunter.

„Cumple ano, feliz!" hauchte Ernesto in ihr Ohr. „Was hälst du von der Idee, wenn wir hier zwei Nächte bleiben? Wir lassen die feuchten Klamotten trocknen, den Reifen bei der Gomeria um die Ecke flicken, dann schauen wir uns noch ein paar Pinguine am Cabo de Virgenes an, verbringen den Abend wieder hier und morgen wird es ernst."

„Ernesto, ich sah es auf der Karte, erinnere mich bitte nicht daran, wie nah Feuerland ist!"

Die Pinguine fielen aus, die Reifenreparatur wurde auf morgen früh verschoben, die Sachen trockneten wunderbar auf den Heizkörpern. Er hatte überhaupt kein Problem mit der neuesten Programmumstellung. Eigentlich war das Ziel erreicht. Er war bereits in Patagonien angekommen. Die Fähre über die Magellanstraße befand sich in greifbarer Nähe. Es bestand wirklich kein Grund, diesen Geburtstag auf der Straße, außerhalb des Hotels, des Zimmers oder gar des Bettes zu verbringen.

Am Abend fanden sie sich wieder zum Buffet ein. Sie luden danach das Hotelehepaar und die wenigen Gäste zu einem Schluck an der Bar ein, die Stimmung stieg und alle hatten Spaß. Yajaira drehte zur Höchstform auf.

Nach wenigen Drinks auf Kosten des Hauses fragte sie, ob sie auf dem Tisch tanzen dürfe. Das war für die Eigentümer die PR-Aktion schlechthin und halfen der Schönheit auf den Tisch.

Sr. Ernesto saß neben den Hoteliers und hörte ihr Urteil: „Sie ist wunderschön!" „Ja, das ist sie!" Die Gäste applaudierten und waren enttäuscht, als die Show vorüber war.

Yajaira: „Meine Damen und Herren, wir müssen morgen nach Feuerland reisen, Sie entschuldigen uns bitte."

Sie gingen auf ihr Zimmer, entkleideten sich gegenseitig und schlüpften unter die Decke. „Ernesto, muchissimas gracias por este dia!" "De nada, schlaf gut, mein Engel." "Igualmente, Ernesto!"

4. Kapitel

Nach dem Verladen ihres Gepäcks wollte der Motor nicht gleich anspringen.

„Kannst du mit einer Spritze umgehen?" erkundigte sich Sr. Ernesto. Mit einem sehr ungläubigen Blick signalisierte sie ihre Unsicherheit. Er fügte hinzu: „So ein Ding zum Impfen, si?"

„Kommt drauf an," meinte sie zögerlich.

Er kramte im Handschuhfach nach einer kleinen Schachtel, entnahm den Zylinder und Kolben, steckte eine Kanüle drauf, bat sie, sie zu halten, holte eine Flasche, öffnete sie und zog die Spritze auf. Die Flasche verschraubte er wieder sehr sorgfältig und legte sie zurück.

Jetzt standen beide vor der geöffneten Motorhaube. „Hier siehst du das kleine Loch im Ansaugschlauch, da stecken wir die Kanüle rein. Ich betätige den Anlasser und dann spritzt du den Inhalt rein, ok?"

„Ok!"

Das Paar funktionierte perfekt. Schon lief die Maschine, Yajaira verstaute die Spritze, während Ernesto die Haube schloß.

„Was ist das?"

„Äther."

Yajaira: „Den Trick merke ich mir."

Auf dem Weg zur Gomeria sinnierte er, ob vielleicht das Öl zu dick und / oder die Batterie zu schwach ist.

Sr. Ernesto hatte sich entschieden, einen Schlauch in den Reifen ziehen zu lassen, so war er in der Lage, in der Wildnis selbst bei Bedarf einen Reifen zu flicken, falls die beiden Reservereifen schon platt waren. Er entdeckte auch Batterien in dem Geschäft und ließ eine neue einbauen. Sra. Yajaira nahm die Gelegenheit wahr, die Schwester anzurufen. Der Supermarkt neben der Gomeria lud zum Einkauf ein und sie begannen, die Grenzformalitäten abzuarbeiten. Auf der Fahrt zur Grenze sprachen die beiden nur wenig. Die Grenzer waren gut drauf, und schon rollten die beiden auf chilenischem Boden. In der Ferne zeichnete sich die Magellanstraße ab. Das Wetter war wieder wolkenlos, nur der rauhe Wind zog überall durch die Ritzen des Jeeps, so daß Yajaira noch zusätzliche Decken von oben holte, in die sie sich einwickelten.

„Sag mal, Ernesto, das flache Land hinter dem Wasser, ist das...?"

„Ja."

„Ich las, dass es dort Berge gäbe."

„Richtig, im Süden!"

Sie legte sich hin, wickelte sich ein und schloß die Augen. So schön dieser Anblick auch war, er verursachte bei beiden einen Knoten im Hals. Ernesto verlangsamte die Fahrt, streichelte ihren Kopf, der auf seinem Schoß ruhte.

„Als ich vorhin mit Alicia sprach, na ja, mit meiner Schwester in Rio, da empfahl sie mir, auch Großvater anzurufen. Das tat ich dann auch. Das argentinische Telefonsystem scheint von Siemens zu sein, perfekt. Großvater hat mehrere Großaufträge und...fordert mich zurück. Du musst wissen, dass ich nach der Operation, Reha und Zeit daheim zur Abwechslung Alicia besuchte. Sie hatte ihren Mann durch unseren Bruder kennengelernt. Beide sind der Diplomatie verfallen, und so arbeitet ihr Mann beim venezolanischen Konsulat in Rio. Aber jetzt fühle ich mich wieder bereit, bei Großvater voll einzusteigen. Hast du nicht auch Lust dazu? Ich lasse mich eh scheiden und wir beide übernehmen den Laden.

Was ist mit dir, wo wirst du weiterfahren, wenn ich von Ushuaia heimfliege? Wirst du nach Caracas mit dem Auto fahren, das kann ja noch Ewigkeiten dauern!"

Sr. Ernesto vernahm ein Schluchzen aus dem Berg von Decken. Irgendwann muss sie es ja wissen, warum sollte er nicht jetzt Farbe bekennen?

„Yajaira, bist du auf Empfang?"

„Ja, laut und klar."

„Ich kalkuliere, dass ich bis Ende April unterwegs sein werde. Nach Feuerland geht es nach Norden, dann hangel ich mich auf der Ostseite der Anden für eintausend und mehr Kilometer auf der Routa 40 lang, die wir vorhin schon mal kreuzten. Sie beginnt bei Rio Gallegos und endet oben im Norden Argentiniens, westlich von La Quiaca. Bei San Carlos de Bariloche werde ich die Anden nach Westen überqueren, bin voraussichtlich Ostern im chilenischen Osorno, biege nach Norden auf die Routa 5, es sind nur ca. dreitausend Kilometer bis nach Arica. Von dort aus wird es etwas psychologisch, weil ich keine eindeutige Literatur für die Strecke von Arica nach La Paz finden konnte. Da fährt zwar ein Zug, der nützt mir nichts."

„Und warum willst du nach La Paz?"

„Als ich dort neulich vor einer Eisbude in La Paz parkte, sprach mich ein Professor für Recht der Universität an. Er wollte mein Auto kaufen. Und zwar auf der Stelle. Ich bat ihn wegen der Eistüte um Entschuldigung und erklärte ihm, dass ich auf dem Weg nach Feuerland sei, um dann wiederum zum Ausgangspunkt nach Caracas zurückzufahren. Er fragte, ob ich unbedingt dorthin zurück müsse. Ich lud ihn und seinen kleinen Sohn zum Eis ein, nahm selbst noch eins und bat um Ruhe zum Überlegen. Meine geplante Route sah so aus, dass ich Südamerika gegen den Uhrzeigersinn umrunden wollte. Das bedeutete, dass ich in Nordbrasilien mehr als zweitausend Kilometer Urwald fahren werde. Venezuela hatte ich vier Jahre bereist, einschließlich Grenzübertritt nach Brasilien.

Theoretisch konnte ich die Gegend schon mal streichen. Urwald kenne ich aus Venezuela, wie die Strecke neulich südlich von Floreanopolis. Alles in allem, so rechnete ich hoch, spare ich zehntausend langweilige Kilometer ein. Bei dem Benzinkonsum des Jeeps kam ich schon bei diesem Posten auf eine Ersparnis von eintausend Dollar, meine liebe Controllerin. Und so freundete ich mich mit dem Gedanken an. Aber: Ich habe ja das Internationale Carnet, wie sähe das denn mit dem Einfuhrzoll für den Wagen aus? Er meinte, das wäre kein Problem. Na schön, dachte ich so bei mir, wenn das schief geht, kann ich immer noch nach Osten nach Brasilien fahren und wäre auf meiner ursprünglichen Route. Als wir das Eis aufgegessen hatten, war auch schon der Preis diskutiert und vereinbart. Wir säuberten uns die Hände und reichten sie uns. Er gab mir brav seine Karte und bat mich, mit „seinem" Wagen die nächsten zwanzigtausend Kilometer vorsichtig umzugehen. Soweit zu der Frage „La Paz" betreffend.

Dann fragte mich ein Freund aus Deutschland, der sich kurz vor meiner Abreise meldete, ob ich nicht in seiner neu gegründeten Schifffahrtsfirma mitwirken möchte. Ich sagte zu.

Anfang Dezember lernte ich in Bogota durch Zufall den Chef eines europäischen Arzneimittelwerkes kennen, deren Fabrik er in Kolumbien leitete. Wir verstanden uns auf Anhieb, er stellte mich auch seiner Frau vor. Er bot mir per sofort eine Stelle mit einem tollen Gehalt."

„Und?"

„Ich sagte ab. Noch eine Sache darf ich dir zu deiner Beruhigung erzählen: Während meiner letzten Arbeitswochen in Venezuela kam ich auf die Idee, mein Arbeits-, also Transeunte-Visum in ein „Residente" zu verwandeln. Das war nach drei Jahren Aufenthalt noch nicht möglich, dann aber doch, weil ja Weihnachten vor der Tür stand, naja, du verstehst, kostete einhundert Bolivar.

Das Visum ist fünf Jahre gültig, mi amor, und wenn in Deutschland alle Stricke reißen, bin ich bei dir. Aber vorher stehe ich zu meinem Wort in Deutschland."

Sr. Ernesto fuhr jetzt noch langsamer, ließ den Wagen ausrollen und kam hinter vier Lkw zum Stehen. Die Fähre war gerade auf der Südseite, es bestand kein Grund, die inzwischen schlafende Schönheit zu wecken. Er nutzte die Ruhe und Zeit, sich jede Braue und Wimper in sein fotografisches Gedächtnis einzuprägen.

Ein Vertreter der Fähre näherte sich dem Auto mit der Absicht, die Passage einzuziehen. Sr. Ernesto deutete ihm an, dass jemand schliefe und er leise sein sollte. Der Mann gestikulierte lautlos, dass man interpretieren konnte, auch noch auf der Fähre selbst zu zahlen zu können. Daraufhin schlief auch er ein.

Yajaira erwachte erst auf der Fähre, um sofort den Vorschlag zu unterbreiten, die Zeit höchst sinnvoll zu nutzen. Er meinte, sie mögen die zwanzig Minuten nach Schwertwalen Ausschau zu halten, das Ereignis würde ihnen sonst entgehen.

„Und wenn wir uns beeilen?"

Er insistierte: „Ich möchte Schwertwale sehen!"

Als sie an der Reling standen, kamen tatsächlich mehrere Orcas in die Nähe des Schiffes und die etwas eingeschnappte Diva geriet ins Staunen. „Auch nicht schlecht", gab sie zu.

Beim Anlegen auf Feuerland bemerkten sie die Hinweisschilder am Ufer: „Landminen". „So wie ich die Sache sehe," bemerkte Yajaira, könnte ein Strandspaziergang etwas lauter ausfallen, komm, steigen wir ein. „Eine merkwürdige Art, Gäste zu begrüßen."

Nach zehn Kilometern erreichten sie eine Anhöhe mit wunderbarer Sicht. Sr. Ernesto parkte das Auto. „Ich sichere das Auto, du gehst schon mal hoch und brauchst nur das Radio anzuhaben."

Sie lag hingehaucht auf dem Bauch mit dem Kopf am Fenster und blieb so liegen, so dass beide auch noch gemeinsam das Panorama genießen konnten. Sr. Ernesto hatte während ihrer Telefonate am frühen Morgen heimlich eine Champagnerflasche gekauft; „Bienvenido a Tierra del Fuego!" Sie stärkten sich und unternahmen einen kleinen Spaziergang. In der schier endlosen Pampa erblickten sie Enten, Guanakos und einen Fuchs. „Wer geht, sieht mehr als wer fährt," fanden beide.

Stell Dir mal vor, wir könnten uns hier auf eine Bank setzen, um den Panoramablick mit Feuerland, Magellanstrasse und im Hintergrund dem Festland genießen.

„Genau," pflichtete sie bei, „sollten wir veranlassen!"

Du hast recht, meine Großmutter plante mit „Ihren" Bridgedamen das Aufstellen einer Bank.

„Wo?"

„In der Lüneburger Heide, südlich von Hamburg."

„Dort in der Gegend hatte mein Vater den tödlichen Unfall." setzte Yajaira etwas traurig hinzu.

Sr. Ernesto behielt weitere Ausführungen für sich. Seine Großmutter pflegte mit ihren Freundinnen dort jedes Jahr eine Woche dort zu wandern; so kam die Idee mit der Bank auf, von der man ausruhend einen schönen Blick hätte. Sr. Ernesto fuhr sie dann dorthin und holte sie wieder ab. In der letzten Zeit vor seiner Abreise gen Südamerika hatte die Planung der Bank festere „Beine" bekommen, so dass sie dort öfters bei den Behörden vorstellig wurden. Durch Konzertbesuche, Vorlesungen, Vorträge oder eine gemeinsame Reise in die „DDR" waren sie stets auf einer Wellenlänge. Sr. Ernesto fragte sich, wie weit das Projekt wohl gediehen ist?

5. Kapitel

Sie errcichten nach einer Stunde Fahrt die nächste Grenze und befanden sich nun im argentinischen Teil Feuerlands. Während der chilenische Wachposten noch landeinwärts lag, schmiegte sich der argentinische Komplex an das Ende der lang gestreckten Bucht von San Sebastian, auf die sie im rechten Winkel sowie nochmals freundliche Beamte stießen. Jetzt bogen sie rechts ab nach Süden auf die Routa 3, die sich meistens dicht am Meer nach Rio Grande schlängelte. Beim Auspacken vor dem ACA-Hotel merkten sie wieder die Kälte, bekamen ein warmes Zimmer mit Blick nach Osten, genau auf Strand und Meer.

„Was hälst du von Forelle und zur Abwechslung einen schönen, trocknen Weißwein? Ich sah vorhin ein Schild mit „Truchas"." „Ernesto, noch keine Centollas?" „Wenn du keine Einwände haben solltest: Nein, noch nicht. Die letzte Forelle.... ah, ich erinnere: Als ich von

Caracas in Richtung Kolumbien fuhr, da wurde es mir auf der Landstraße unten bei Barinas zu warm und schielte zu den Anden hoch, die parallel zur Straße verlaufen.

Und plötzlich erinnere ich Forellen in den Anden, und erklomm die dreitausend Höhenmeter, um in dem Avensa-Hotel-Kloster Los Freiles zu essen und zu übernachten. Ein gelungener Reisebeginn. Magst du Forelle?"

„Ja."

„Einwände?"

„Nein."

„Hast du Hunger?"

„Vamo`no`!"

Auf dem Weg zum Restaurant wollte Sr. Ernesto wissen, warum das Radio seit mehreren Tagen meistens schwieg.

„Die Kriegsbegeisterung geht mir auf den Sender und ich höre andauernd etwas über Engländer, dann über Engländer und nochmals Engländer."

„Aber die können doch nichts dafür, dass Venezuela deinem Vater die Chance der Fortbildung gab, oder?"

„Amigo, por favor, calla....! Du hast keine Ahnung, außerdem gefällt mir dieses Kindergartenlied nicht, was ich inzwischen als Ohrwurm habe: „Las Malvinas, argentinas!"

Sr. Ernesto befand, dass allein ihre zarte Stimme die Kriegsparteien zum Aufgeben führen würde, unterließ es jedoch, diesen Vorschlag zu unterbreiten. Hier lag angebrannte Stimmung in der kalten antarktischen Luft.

Er überlegte, ob Yajaira den bevorstehenden Krieg fürchtete und die Heimkehr gefährdet sähe. Er selbst dachte an die vielen tausend Kilometer Grenzverlauf mit Chile, da wird es schon mehr als ein Schlupfloch geben.

Also raus käme man immer, vielleicht ohne Auto, aber für sich selbst empfand er keine Gefahr.

Sie redeten nicht viel während des Abendessens, obwohl das Restaurant, die

Bedienung, das Speiseangebot und die Qualität ihnen zusagte. Die Unterhaltung beschränkte sich auf das Nötigste. Sr. Ernesto war weit davon entfernt, nach Gründen zu bohren. Zufrieden zerlegte er seine Forelle.

Während des gemeinsamen Zähneputzens unterbrach Yajaira die Prozedur noch mit Schaum vor dem Mund. Sr. Ernesto war auf alles gefasst, nur nicht dieses:

„Mi amor, ich möchte gleich und dabei noch das Meer und die Wellen genießen, ich sitze oben, si?" Schaum rann am Kinn längs und tropfte hinunter. So wie es sich anhörte, bestanden kaum Kriegssorgen, ihr Problem lag, d.h. saß-, anders.

Sr. Ernesto verglich die eben entstandene Landschaft mit dem Pico Bolivar und war erfreut, mit der Hand drüber zu fahren, um den Schnee au entfernen. Er dachte zurück an die Zeit in Venezuela. Es war ihm nicht vergönnt gewesen, mit auch nur einer Seilbahn auf die Berge zu fahren. Weder die beiden Bahnen beiderseits des Pico Avila über Caracas, respektive Macuto noch die

Bahn bei Merida in den Anden funktionierte jemals während seines Aufenthaltes.

Der permanent mögliche Zugriff auf „seinen" persönlichen Pico La Concha und Pico Bolivar halfen ihm, die damals aus technischen Gründen verwehrten Bergfahrten zu verdauen.

Der nächste Tag begann mit Sonne, die durch das Fenster auf das zerwühlte Bett lachte. Der Tagesbeginn erfuhr die übliche Verzögerung. Der Wagen sprang sofort an, die Anschaffung der Batterie war gerechtfertigt.

Wieder folgte die Route 3 nach Passieren der Brücke über den Rio Grande dem Küstenverlauf, schwang dann nach Westen ab und begann zu steigen. Windstille herrschte, Sonne, nach mehreren Tagen tauchten die ersten Bäume auf. Ein erneuter platter Reifen, dieses Mal rechts hinten, bedingte einen technischen Stopp. Routiniert tauschten sie die Räder. Sr. Ernesto schlug vor, das andere Reserverad von hinten zu tauschen, dann würde er nach der nächsten Reparatur über zwei Reifen mit Schläuchen verfügen; und bei weiteren zweitausend

Kilometern Schotterpiste, die noch vor ihm lagen, bestimmt eine sinnvolle Vorkehrung. Sie befestigten das defekte Rad mit dem U-Bolzen an der Rückwand, er hielt das Rad und Yajaira schraubte auf das nach innen ragende Gewinde die Muttern und Kontermuttern.

„Was würdest du bloß ohne mich machen?"

fragte sie provozierend.

„Ich würde das Rad einfach hinten reinlegen und weiterfahren,..." erwiderte er lakonisch.

Und im Stillen dachte er an die Möglichkeit, dass er die beiden blonden trampenden Mädels an der Ortsausfahrt von Rio Grande wohl mitgenommen hätte, sie wären ihm sicherlich auch zur Hand gegangen. Er war also nun nicht das Opfer eines Monopols, wie es oberflächlich betrachtet auszusehen schien.

„...und nach der Reparatur gemeinsam mit dem Herrn aus der Gomeria zu montieren."

„Ich sehe dich schon mit einem Stapel platter Reifen im Wageninneren an den Anden längs fahren!"

„Ich auch, mehr als zwei können es nicht werden! Ich sehe mich schon mitten in der Pampa ohne Deine liebliche Unterhaltung allein die Schläuche flicken. Da wird dann richtig Freude aufkommen."

Sie verstauten den Wagenheber und andere Utensilien und setzten die Fahrt fort.

Sr. Ernesto sinnierte darüber nach, wie sinnvoll eine andere, neue Person in seinem weiteren Leben wieder erschien. Hier unten in Patagonien, wo eine menschenleere Landschaft mit Millionen von Schafen dominierte, alle hundert Kilometer ein kleines Nest mit der obligatorischen Gomeria, welches zweifellos neben der Schafzucht und dem Öl das umsatzstärkste Geschäft darstellt, ein kleiner Supermarkt und eine Kirche sah er „sie" an seiner Seite mit ganz anderen Augen. Das war es. Und auch so, ohne Patagonien: Der Unterhaltungswert, der Austausch von Nettigkeiten, Umarmungen, Höflichkeiten, kleinen Provokationen, Gemeinsamkeiten, Diskussionen, Zuneigung, Küssen, Liebe und schließlich Körperflüssigkeiten, ja, das hatte schon was. Sr. Ernesto gelangte zu der

Einsicht, dass diese Mischung aus Intelligenz, Humor, Natürlichkeit eine sehr rare Erscheinung sei, die ihm auf dem Morro de Urca auf so wundervolle Weise und vor allem ungeschminkt begegnet war.

Durch ihr selbst auferlegtes Verhängen der Radiosperre hatte Yajaira begonnen, nacheinander die-, das komplette Armaturenbrett von links nach rechts, zierenden Kassetten einzulegen und abzuhören.

Sie hatte sich mit Bach und Händel inzwischen angefreundet, so mit deren Musik. Besonders angetan hatten es ihr die Brandenburgischen Konzerte. Sie schaute nun schon seit tausenden von Kilometern zu ihm rüber, er saß dort wie ein Denkmal, konzentrierte sich auf die Fahrbahn, schmauchte zuweilen seine Brasil und konsumierte die Landschaft, am liebsten mit Bach-Musik und träumte bis zu ihrem Erscheinen von einem Schnellkochtopf. Er war der Genießer schlechthin.

Sie durchfuhren langsam Wälder mit Südbuche, deren welkende Blätter in allen Herbstfarben bei dem schönen Wetter leuchteten und erreichten das Südufer des Lago Fagnano.

Lange hatte sie geschwiegen, war ihnen doch bewusst, dass die gemeinsame Fahrt schon in nur einhundert Kilometern ihr Ende finden wird. Sie waren Ushuaia bedenklich nahe gekommen. Der Kloß im Hals schwoll.

Sr. Ernesto ergriff das Wort: „Müssen wir noch heute nach Ushuaia oder wird morgen auch noch reichen.?" „Wir müssen nirgend wohin. Wir müssen in erster Linie nur unsere Zuneigung pflegen! Erst nach deren Sättigung haben andere Anspruch darauf, an unserem Glück zu partizipieren und uns anzufordern."

Sr. Ernesto betätigte den Blinker, dessen Relais durch zwei damals zusätzlich installierte Lampen schwächer geworden war, aber nicht jeden übereifrigen Soldaten zu interessieren hatte, und fuhr rechts ab. Sie folgten dem Uferweg und blieben einfach am Waldrand und am Kiesstrand stehen. Weit und breit kein Mensch. Sie konnten davon aus- und sicher gehen, die einzigen Camper an einem See zu sein, der größer als der Bodensee ist. Sie standen so windgeschützt und die Sonne brannte dermaßen, dass sie ihre Kleidung ablegten, Decken ausbreiteten und sich wie Adam und Eva hinlegten.

„Wir beide lebten parallel jahrelang am Karibikstrand und liegen erst hier, zehntausend Kilometer südlich, auf Feuerland zusammen wie auf Cayo Sombrero, ist das nicht Ironie des Schicksals?" philosophierte Sr. Ernesto.

„Du meinst die Insel hinter Morocoy, si? Meine Spießerfamilie fuhr dort nie hin, nur in den Country Club."

„Sie ist eine von vielen winzigen Inseln," schwärmte er. „Wir sind dort am Samstagmorgen in aller Frühe hin und Sonntagabend zurück gefahren. Meistens in deutscher Karawane.

Einmal kam Besuch aus Europa, ein Cousin mit Freundin. Da sind wir da unter der Woche mal hin. Wir waren die einzigen auf der Insel. In der Nacht kam Sturm auf, ging aber glimpflich an uns vorüber. Wir saßen beim Frühstück mit allem Komfort, kommt ein Paar von links nach rechts am Strand vorbei, sehe ich wie heute, später ein junges

Mädchen, hätte deine Schwester sein können, nein, ein wenig mehr hatte sie schon. Ich stehe auf, spreche sie an. Sie waren vom Fährmann versetzt worden und dursteten und hungerten. Sie hatten den Fehler begangen, den Mann schon gleich auf der Hin-Tour zu entlohnen, anstatt nach der Rücktour. Also lud ich sie zu Kaffee, Cola, Brot, Marmelade und was die Küche noch so hergab, ein. Mein Spanisch war damals noch nicht so, aber wir konnten uns verständigen. Ganz menschliche, aber auch niedrige Beweggründe sprachen dafür, mit dem einzelnen Mädchen tauchen zu gehen. Also gab ich ihr eine Maske, Schnorchel und Flossen, alles passte und wir schwammen allein in die Lagune."

„Ernesto, meine Cousine ist da mal mit Freunden hängen geblieben."

„Ist ja ein Ding, da bleiben alle naiven Menschen ohne Abholung!"

„Aber sie erfuhren Hilfe durch einen Deutschen, im Gesicht glatt wie ein Kinderpopo, berichtete mir heimlich meine Cousine."

„Und meine Tauchschülerin war zusammen mit dem Nationalmeister im Barfuß-Wasser-Skilaufen, der auf dem Valencia-See mit den Würmern seine Runden drehte. Ich erinnere ihre Worte „Era muy nino" über ihn."

„Ernesto, erinnerst du auch ihren Namen?"

„Yajaira, was erwartest du, wir tranken den ganzen Tag Rum-Cola, rauchten deren Kräuter und waren schwer beschäftigt. Ich erinnere nur, wo sie wohnte, weil ich sie dort eine Woche später abholte, um wieder an den Strand zu fahren. Sie lebte in Maracay, Moment, neben einem Denkmal von Herrn Bolivar, vielleicht auch gegenüber, wenn ich mich nicht irre. Außerdem, was interessiert dich der Name? Ich erinnere nur ihren roten Bikini, der mehr zeigte denn verdeckte. Natürlich auch den Inhalt, por su puesto! Sie war dann später nicht mehr zu erreichen."

„Mi amor, ich wüsste vielleicht gern, ob wir über das selbe Mädchen sprechen." „Du meinst, wir haben schon wieder einen Berührungspunkt?"

„Ich glaube ja, sie heißt Minerva, damals 17 Jahre jung, und sie hat mir alles über euch erzählt. So zugekifft wie ihr wart, habt ihr es auf der Insel acht Mal gemacht. Sie und ihre Mutter wohnten damals zurückgelassen von meinem Onkel gegenüber von Mister Bolivar. Du erinnerst, Schlachthof, Sekretärin.. Minerva studierte nach eurer Bekanntschaft in den Staaten Wirtschaftslehre und macht gerade bei Großvater ihr Praktikum."

„Hatte ich damals keinen Bart? Nein, der kam erst später, regte meinen Vizepräsidenten furchtbar auf, aber da musste er durch. Ist die Welt nicht klein? Welche Zusammenhänge wir hier am Ende der Welt erfahren!"

„Du stocherst in meiner halben Familie rum und nennst das „Zusammenhänge"?" „Wo ist denn jetzt dein Problem?"

„Das weiß ich nicht!" und setzte sich auf ihn rauf.

Welch eine malerische Kulisse, dachte Sr. Ernesto, dieser wunderbare Körper, der dunkelblaue See, dahinter die Herbstfärbung an den Gebirgshängen, der hellblaue Himmel, die Ruhe, das Licht; und prägte sich zunächst das Bild und den anschließenden Film ein.

Sr. Ernesto fröstelte und wachte auf. Die Sonne war hinter dem steilen Nordufer gegenüber verschwunden. Er streichelte ihren Rücken, ihr Haar und flüsterte ihr ein zartes „Hola" ins Ohr. „Mi amor, hay que vestirnos!" „Mira, entschuldige bitte meine Aggression, si?"

Er begann Holz zu sammeln und entfachte ein Feuer, suchte zwei große flache Steine und fragte Yajaira, worauf sie Appetit hätte. Er wies darauf hin, dass Hummer, Garnelen und Forellen gerade ausverkauft seien. Er hätte eine Suppe mit Einlage im Angebot.

„Einverstanden, wie kann ich mich nützlich machen?"

„Bitte schäle und schneide einige Zwiebeln, die werden wir braten, Moment, ich hole die Pfanne. Hier tust du sie rein. Ich gebe ein wenig Olivenöl hinzu."

„Olivenöl?" „Ja, von meinem Freund Vasili, ein Grieche in Caracas." „Und du fährst mit der 3-Liter-Flasche Olivenöl durch Südamerika?"

„Ja, Ya, äh, ich meine liebe Yajaira, weiß ich, wo es die Qualität unterwegs geben wird? Und verrohen wollen wir doch auch nicht. Und ich öffne zwei Dosen mit schwarzen Bohnen, die ich schon mal erwärme, dann nehmen wir die Bohnen vom Feuer, braten die Zwiebeln mit... war da noch Salami..?"

„Ja..." „...die kippen wir klein geschnitten mit in die Zwiebeln. Halleluja, was für ein Festmahl!"

Sr. Ernesto hatte eine Flasche Wein geöffnet, Gläser eingeschenkt, sie hatten angestoßen und beeilten sich, das Kochen zu beenden. Inzwischen war es dunkel geworden, weder Licht noch Geräusche, nichts. Nur das Feuer knisterte. Er legte Holz nach und war in seinem Element. Dieses war seine Welt. Nichts gegen ein gepflegtes Abendessen mit Forelle in Rio Grande.

Aber so ein offenes Feuer auf Feuerland war sein Traum schlechthin gewesen. Hier und heute ging er in Erfüllung. Sra. Yajaira beobachtete ihn, wie er Holz, Bohnen,

Zwiebeln, Salami und das Nachschenken des Weines mit Freude organisierte, Tisch nebst Stühle bereitstellte, und schon die Schüssel zum Spülen des Geschirrs mit Seewasser füllte. Auf den Tisch legte er ein Brett für den heißen Topf, Teller, Besteck und Servierten bereit.

Dann schnitt er ein paar Scheiben von dem Weißbrot und toastete sie über dem Feuer. „Yajaira, listo el pollo!"

Nach dem Essen setzten sie sich ans wärmende Feuer, Sra. Yajaira legte den Kopf in seinen Schoß, Sr. Ernesto hatte seine Blockflöte dabei und begann das Solo-Konzert mit der Venezolanischen Nationalhymne. Sie stimmte mit ein und ihre Worte „Gloria, Bravo Pueblo" wurden über den See getragen. Weitere Lieder folgten, so auch ein Menuett aus dem Klavierbüchlein für Anna-Magdalena Bach, und mit der „Alma Llanera" endete der musikalische Vortrag.

„Chamo," unterbrach sie die Stille, „ich möchte dir etwas sagen, aber ich weiß nicht, wie ich es anstellen soll. Ich versuche es: Du kennst meine gewisse Antipathie gegen das englische Internat und ich gestehe dir, dass ich dort einen psychologischen Knacks erlitt. Ich glaubte jahrelang, ihn unter Kontrolle zu haben. Du wirst gemerkt haben, dass dieses nicht der Fall ist und du bist erst heute der erste, mit dem ich darüber spreche."

„Ach, eine kleine Meise hat doch jeder," versuchte er das Problem herunter zu spielen. Denke an meinen Waschtrieb, normal kann das doch wohl auch nicht sein, oder?"

„Hast du mal überlegt, woher dein Tick kommt?" „Nein, gestand er, „mir bot sich noch keine Gelegenheit, die Ursache des Fimmels zu recherchieren."

„Meine Macke habe ich erst sehr spät analysieren können, weil mir der Schulstress ein objektives Denken versagte. Ich wohnte im zweiten Jahr mit einem Mädchen zusammen, deren Vater auch Soldat war, allerdings Engländer. Er war nach Deutschland, präziser ausgedrückt, nach Niedersachsen versetzt worden, die kleineren Geschwister und seine Frau waren mitgezogen, während Nicole in Somerset, genau wie ich, zwischengelagert wurde. In der Lüneburger Heide, ich bestätige Dich, sie ist wunderschön, ich habe die Bilder gesehen, verknallt sich die Mutter in einen Deutschen, Bäcker aus Soltau. Ich möchte nicht gehässig werden, aber ich kann es nachvollziehen."

„Was kannst du nachvollziehen?"

„Deutsch und Bäcker, ganz klar, denn Nicole brachte aus den Ferien deutsches Brot mit, wir sprechen hier über Brot, aber wem erzähle ich das? Wie hast du das in Caracas ausgehalten?"

„Also mein Problem ist weniger das Brot, sondern Bratwurst. Beides fand ich in deiner Heimat. Das Brot gab es bei einem Bäcker gegenüber von Capuy, du erinnerst das Kaufhaus, dort wo die Metrostation gebaut wird, si?" „Claro."

„Und ordentliche Wurst gab es beim Metzger Deppingheimer. Ich kaufte sehr viel Bratwurst zum Grillen und immer eine ganze Wurst für Aufschnitt. Mir gefiel nicht, wie die Frau an der Wursttheke mit ihrem Daumennagel die Wurst einritzte, um deine gewünschte Menge zu markieren. Das ging mir zu weit."

„Nicole litt sehr unter der Ehekrise ihrer Eltern und schluchzte sehr häufig vor sich hin und jammerte mir ihr Leid.

Ich vermochte sie nicht zu trösten, hatte ich doch gerade meinen Vater verloren. Da dachte ich so hart und ungerecht, besser einen Vater mit Krise als einen verstorbenen zu haben."

„Moment, meine liebe Yajaira, ich bin gleich wieder ganz Ohr, ich hole nur eine neue Flasche und lege Holz nach."

Zurückgekehrt zog sie ihn zu sich herunter und sie küssten sich innigst. Das neue Holz brannte an und eine wohlige Wärme breitete sich aus.

Sie lösten ihre Umarmung und sie fuhr fort:

„Ein Mal im Monat unternahm jede Gruppe einen sogenannten Kulturausflug in die Umgebung. Wir klapperten Schlösser und Burgen ab, den Kennet-und-Avon-Kanal, der Bristol mit der Nordsee verband und auch Bath selbst bis ins letzte Detail. Eindrucksvoll, und das gebe ich ehrlich zu, ist das Royal-Crescent. Schon mal davon gehört?"

„No, Mam!"

„Ein riesiges Gebäude. Ein sonniger, warmer Tag. Nach einem Museumsbesuch hatten die Mitglieder unsere Gruppe eine Stunde Zeit, selbst und allein etwas zu unternehmen. Nicole nahm mich bei der Hand, begann den Rasen hinunter zu laufen. Plötzlich hielt sie inne, schaute sich um, stellte fest, dass die nächsten Personen weiter als hundert Meter entfernt waren. Dann setzten wir uns. Sie war so aufgeregt und außer Atem. Irgendetwas schien sie zu beschäftigen und wollte es jetzt loswerden.

„Im Internat kann man nicht sprechen," argumentierte sie, „alle hören mit, du kannst nirgends sicher sein, dass nicht einer oder eine lauscht. Daher nutze ich hier diese leicht überschaubare Fläche. Du erinnerst dich, als ich verstört aus den Ferien kam und ich dir von meinen Eltern erzählte?"

„Ja, Nicole."

Mrs. Parker hatte wohl mitbekommen, dass es mir nicht besonders gut ging und beorderte mich in ihr Zimmer. Ich war am Heulen und sie umarmte mich, begann mich zu küssen...."

„Die olle Schrumpeltante, Nicole?" entfuhr es mir.

„Bitte, sei leise, wenn das jemand mitkriegt! Ich fühle mich so ekelig. Ich kann mich doch außer dir keinem anvertrauen. Meine Eltern würden mir Verweichlichung vorwerfen und die Geschichte so interpretieren, als wenn ich es darauf angelegt hätte. Zur Direktorin wage ich mich auch nicht, denn die steckt mit der Parker unter einer Decke, die sind doch beide schwul."

„Nicole, das ist hier kein Fall von Homosexualität, das ist Päderastie," und wurde laut. „Das ist schlimmer als schlimm! Haben dich deine Eltern nicht davor gewarnt?"

„Wovor?" ich wurde deutlich: „Vor Kindsmissbrauch!"

Yajaira hatte allen Mut zusammen genommen, um endlich diese alte Geschichte loszuwerden.

„Ernesto, Nicole war so naiv, du glaubst es nicht! Sie blieb noch ein halbes Jahr, hatte sich in das Mädchen von nebenan verliebt, Hazel, die beiden wurden von der Zicke von Parker zusammen im Bett erwischt und der Schule verwiesen. Hier ist doch nun keine Steigerung der doppelten Moral mehr möglich, was meinst du?"

„Und wo ist deine Macke?" „Naja, ich fühlte mich damals für sie verantwortlich und konnte die Vorfälle nicht richtig mit ihr erörtern, wie auch? Wir hatten keine Ahnung und umso mehr Angst vor der Internatsleiterin. Und dieses Gefühl der Machtlosigkeit begleitete mich die letzten sechzehn Jahre. Bis heute, da ich mit dir über diese Dinge frei sprechen kann. Stelle dir mal vor, ich hätte so ein Gespräch womöglich beim Mittag zu Hause begonnen!

Nun kann ich selbst keine Kinder mehr bekommen, um sie durch besondere Lebensumstände auf ein Internat schicken zu müssen. Aber glaube mir, die würden schon ihre Impfung bekommen. Ich fühle mich heute dazu berufen, andere davor zu warnen, in welche päderastische Falle sie dort hineingeraten können. Eltern- und Schüleraufklärung ist notwendig, damit diese Vorkommnisse aufhören. Was sagst du dazu?"

„Grundsätzlich stimme ich dir zu. Viele Eltern von Internatskindern haben keinen blassen Schimmer, was dort, wie in deinem Fall, abläuft. Oder sie wollen es nicht wissen, weil ihnen das Kind gleichgültig ist. Hauptsache weit weg und es stört nicht das eine oder andere neue Verhältnis der Eltern. Und nun zu den Päderasten, jene, die sprichwörtlich noch mit einer „Kinderkrankheit" befallen sind, entschuldige bitte die flapsige Wortspielerei! Welchen Berufsweg werden sie einschlagen? Lokführer? Finanzbeamter? Nein. Fehlanzeige. Die werden sogenannte Sozialarbeiter(innen), Lehrer(innen), Erzieher(innen), nicht zu vergessen Pädagogen(innen), Pfarrer(innen) usw. Logischerweise sind nicht alle in diesen Berufsgruppen Päderasten, aber prozentual sehr gut vertreten, Mrs. Controller. Und dann haben wir noch jene, die in das Schema voll reinpassen, aber die mit höchsten Akademikergraden rumlaufen, verheiratet sind, mehrere Kinder, Mitglied im Country-Club und das Glück auf Erden vorspielen, aber: Päderast hoch fünf. Und zwar Weiblein wie auch Männlein."

„Amor, du gehst zu weit, du machst mir Angst"

„Mi amor, es kommt noch viel schlimmer! Ich aber hole geschwind Holz, ein Fläschchen und die Fortsetzung folgt. Bist du schon sehr müde?" „Nein, aber ich muss mal. Hier in der Wildnis ist mir etwas unheimlich, begleitest du mich ein paar Meter?" So gingen sie etwas weiter, die Stille wurde jäh durch ein Plätschern unterbrochen gefolgt durch einen Seufzer der Erleichterung.

Die Ent- und Versorgung war wieder gesichert, es wurde wieder wärmer und Sr. Ernesto schickte sich an, seine Erfahrungen mitzuteilen:

„In unserem Internat hatten wir ein Schülerparlament, welches aus Schülern in führenden Positionen bestand: Zum Beispiel Hausältester; das war ich. Nun gab es alle paar Monate regen Austausch mit anderen Internaten, um Fragen der Pädagogik, Schulpensum, Arbeitsgemeinschaften, Sport und Freizeit zu diskutieren, um nur einige Themen zu nennen. Du kannst folgen?"

„Ich versuche es."

Bei einem dieser Auswärts-Treffen sitze ich neben der Frau des dortigen Internatsleiters in einer solchen Diskussionsrunde, dann zufällig auch später, so dass ich dachte..."

„Was?"

„Zufall ist das jetzt bei der dritten Gelegenheit nicht mehr."

„War es Zufall?" „Wie sich später herausstellte: Nein."

Yajaira richtete sich auf, oh, er liebte die temperamentvollen Auftritte und konnte es nicht lassen, die dramaturgischen Finessen so einzubauen, dass sie erfolgreich fruchteten.

„Du hast...?"

„Nein, wir haben."

„Die war älter als du!"

„Und älter als du. Das war aber kein Problem. Sie wusste, was in dem Internat lief und nicht und belieferte mich mit allen Einzelheiten, weil auch sie das endlich mal alles loswerden wollte. Sie hatte einen Narren an mir gefressen, sie beschenkte mich laufend mit Büchern und ich weiß nicht mehr, was noch.

Sie besuchte mich in meinem Internat, wir badeten zusammen in der Badewanne des Hauses, in dem ich Hausältester war, das war alles vor meinem Abitur. Sie lud mich zu Partys ein, da war der so genannte Förderkreis zugegen, den ihr Mann stets einlullte und den honorigen Damen und Herren Frischfleisch zuschusterte. Da sie die Einzelheiten und Vorlieben der „Förderer" kannte, konnte sie mir schildern, wie, wann, warum und was zwischen welchen Erwachsenen und den Schutzbefohlenen lief. Es war das gleiche Ding wie bei dir: Sie nutzten die Schwäche, Traurigkeit, Heimweh, Einsamkeit, Verlorenheit, you just name it, schamlos aus, um sich an ihnen zu vergehen. Und das passiert heute so wie damals, das schwöre ich dir. Und alle schauen zu und ahnen den Sumpf nicht, in dem dieses Theater gespielt wird.

Zwischen Schulabschluss und Militär wohnte ich bei meinen Eltern und arbeitete in einer Firma. Mindestens zweimal pro Woche trafen wir uns, gingen sündhaft teuer auf Internatskosten essen, danach nahmen wir uns ein teures Hotelzimmer. Sie verwaltete die Kasse des Internats, war doch gut investiertes Geld, oder, Frau Controller?

Und dann, und das rechne ich ihr hoch an, kam sie mich in der Grundausbildung im Herbst 1974 besuchen. Sie hatte die weite Fahrt auf sich genommen, um mich ein letztes Mal zu sehen. Sie hatte gekündigt, die Scheidung eingereicht und war auf dem Weg in den Süden Deutschlands, so weit wie möglich weg. Der Grund: Sie war nachts aufgewacht, greift instinktiv auf die Seite ihres Mannes und landet mit ihrer Hand in der Lendengegend ihres Mannes, sie stieß auf Haare, welche zu dem Kopf eines Jungen gehörte."

„Ernesto das ist unglaublich." „Da gebe ich dir recht!" „Aber warum sollte sie sich das ausdenken?

Yajaira, wir beide sind viel zu naiv, harmlos und ahnungslos."

„Aber wie warnen wir andere?"

„Gute Frage, Yajaira, wir können nicht bei Schuljahresbeginn uns mit erhobenen Zeigefinger vor ein Internatstor stellen, während die Eltern ahnungslos ihre lieben Kinder entsorgen, nein."

„Der Warnprozess muss weit vorher ablaufen. Das ist aber schwierig, denn du kannst ja nicht erahnen, wen du ansprechen musst. Wenn du ein neues Seifenprodukt als Firma herausbringst, hast du als Zielgruppe alle Menschen, die sich hoffentlich mit Seife waschen. Die Zielgruppe ist also ausgemacht.

Bei den anderen hingegen ist es eine ganz kleine Mini-Elite-Gruppe, die ganz andere Sorgen haben wird, als deinen Warnungen zu lauschen. Und so schlage ich vor, dass die Kinder so erzogen werden müssen, dass sie bei den kleinsten Anzüglichkeiten von Seiten der Erwachsenen auf Alarm schalten und den Vorfall melden. Es muss den Kleinen der Zahn gezogen werden, dass ein Lehrer, Pastor, sprich jede Person im Erziehungswesen allmächtig ist. Fachlich vielleicht, aber wenn es unter die Gürtellinie, auf den Schoß oder in den Ausschnitt geht, ist eben eine Anzeige und Kampf angesagt.

Man muss den Kindern verständlich machen, dass sie nicht begrabbelt werden dürfen und erst recht, dass in diesen Körperregionen kein Mensch etwas zu suchen hat."

„Yajaira, ich komme nochmal auf die Formulierung der Botschaft zurück."

„Aha, mein lieber Ernesto, wie sage ich es meinem Kind, d.h. allen, die Kinder haben, die früher oder später in den Einflussbereich eines potentiellen Päderasten kommen."

„Eine hochwissenschaftliche Abhandlung wird die breite Masse nicht lesen, wahrscheinlich wird sie mit Fachausdrücken versehen sein, die nur die Täter selbst kennen. Und auch jene werden das Werk als

Alibi ganz vorn in ihrer Bibliothek platzieren."

„Ernesto, dann muss das Thema populärwissenschaftlich angehaucht in ein publikumswirksames Medium, wie z.B. einen Liebesroman, eingebaut werden."

„Na, dann hau man in die Tasten!

„Ich?"

„Oder gemeinsam?"

„Oh ja!"

"Auf der anderen Seite, meine liebe Yajaira, hat die Sache auch eine Kehrseite: Nehmen wir an, ein Mädchen verguckt sich in ihren Lehrer, der aber zu stark ist, um die Zuneigung zu erwidern. Sie fühlt sich durch seine Ablehnung gekränkt, verletzt und verstoßen und dichtet ihm etwas an, was er gar nicht getan haben kann und wollte. Was sagen sie, Frau Vorsitzende?"

„Herr Staatsanwalt, in diesem Falle: Freispruch." „Sicher?"

„Nein, der Lehrer wird weiter beobachtet." „Nicht versetzt?"

„Nein. Hat der Angeklagte noch etwas zu sagen?" „Nein."

„Damit ist die Sitzung geschlossen."

„Yajaira, geh du schon mal vor, ich kippe noch Wasser ins Feuer, berge die Kissen und Decken und komme nach."

Später im Bett kommentierte sie den Abend mit den Worten:

„Das war unerwartet eine lange und anstrengende Sitzung, hochinteressant.

Ich fühle mich so gut in deiner Nähe, wie gut, dass wir zusammen sein können," und kuschelte sich an ihn.

Als sie erwachten, kam die Frage auf: Kaffee im ersten Stock oder am Feuer? Sie entschieden sich für das Feuer. Yajaira muffelte ein paar Kekse, während Sr. Ernesto den Rest der Carraotas Negras vertilgte, die er auf dem neu entfachten Feuer gewärmt hatte. Es war noch recht frisch an diesem Morgen. Die Sonne lachte schon wieder über dem See, allein die Kraft zum Wärmen fehlte noch. So saßen die beiden dort eingerollt in Decken, der Rauch stieg dank der Windstille nach oben, der See lag spiegelglatt vor ihnen und es herrschte absolute Ruhe. Das leise Knistern der Glut war das einzige Geräusch.

Keiner wagte, auch nur ein Wort zu sagen. Ernesto ging mehrmals Holz holen, kuschelte sich aber sofort wieder an sie und sie saßen schweigend da.

Später streckte er seine Beine aus und legte seinen Kopf auf ihre Beine, schaute so nach oben und sah ihr wunderbares Profil vom blauen Himmel umrahmt. Sie streichelte ihn.

Sr. Ernesto dachte so bei sich: Ja-, das ist es und sollte so bleiben.

Sra. Yajaira dachte ähnlich und sah realistisch genug die Nähe von Ushuaia, wohin sie beiden gemeinsam fahren wollten, aber wo sie eigentlich gar nicht ankommen wollten. Sie hatte durch ihn Landschaften kennengelernt, deren gewaltiges Ausmaß kaum zu beschreiben ist, Felsformationen, Gebirge, Ebenen, die fremden Tiere, die baumlosen Flächen. Diese Vielfältigkeit hatte Ernesto vorher erträumt, darüber gelesen, eingeplant und mit ihr in die Tat umgesetzt. Welche Ahnung hatte sie, als sie den Wunsch der Mitreise vorlaut in der Gondel von sich ließ?

Und wie scheu er sich neulich neben sie auf die Bank gesetzt und sie trotzdem ansprach. Wie lange war das nun her? Nicht einmal drei Wochen. Und morgen, oder gar heute, war wohl schon der Abschied. Wie werde ich damit umgehen, und er? Konnten wir erahnen, dass wir uns so nahe kommen?

Sr. Ernesto war eingeschlafen. Die Sonne wärmte ihre Körper und es bedurfte nicht mehr des Nachlegens des Holzes. Das Feuer erlosch. Dicke Tropfen fielen auf seine Augenlider und er wachte auf. Inzwischen trocknete sie ihre Tränen in seinen Augen. Sie ließ sich gehen, steckte ihn an und beide lagen sich weinend, schluchzend in den Armen.

Sie erwachten nackt und es war sehr heiß. Ernesto schlug vor, sich mit Seewasser zu waschen, vorsichtig natürlich, weil es sehr kalt war. Dann sammelten sie ihr verstreuten Sachen ein, und waren abfahrbereit.

Über die Feldwege gelangten sie wieder zur Schotterpiste, bogen rechts auf die inzwischen gewohnte, aber nicht vermisste Routa 3 und knirschten auf dem Kies in Richtung Ushuia.

Sr. Ernesto ergriff das Wort nach langer Zeit des Schweigens: „Ich habe gelesen, dass „LADE" nach Norden fliegt, in Richtung wie Rio Gallegos, El Calafate. Von dort solltest du einen Anschlussflug mit Aerolineas Argentinas nach Buenos Aires und dann Rio bekommen. Wir sollten also ein kompetentes Reisebüro aufsuchen. Ich will dich nicht loswerden, aber deine Familie braucht dich und drei Wochen mal so einfach abhauen war eine tolle Zeit. Ich werde noch ungefähr einen Monat unterwegs sein. Der Platz rechts von mir ist frei und wird auch frei bleiben. Du kannst bei mir bis Santiago oder La Paz buchen; vielleicht sogar bis Caracas, wenn das Auto nicht in Bolivien bleiben kann. Von La Paz bis nach Caracas wird es noch einen Monat dauern, dann hätten wir den 20. Mai. Jetzt ist es deine Entscheidung."

"Ich würde gern erst einmal telefonieren."

„Geht klar."

Ach-, die beiden hatten sich das alles so leicht vorgestellt. Nach einiger Kurverei durch die mit Südbuche bewaldeten Höhenzüge Südfeuerlands wird der Blick frei auf das Gewässer des Beagle-Kanals, die vielen Inseln und schließlich die kleine verträumte Hafenstadt Ushuaia; in strahlendem Sonnenschein leuchtete die Herbstfärbung.

Das Telefon bestätigte die Befürchtung, dass die Pflicht ruft.

Nun suchten sie ein Reisebüro auf. Die Mitarbeiterin war sehr aufgeschlossen und entgegenkommend, aber die durch sie vertretene Luftfahrgesellschaft war für zwei Tage ausgebucht, leider für sie, zum Glück für Yajaira und Ernesto. So kaufte Yajaira das Ticket für Übermorgen um 13.00 h. Sie bekamen noch erklärt, wo der Flugplatz sei und wann sie sich dort einfinden sollten.

In einem weiteren Telefonat informierte Yajaira ihre Schwester darüber, dass sie übermorgen um 22.15 h auf dem internationalen Flugplatz Rios landen werde und gern abgeholt werden würde.

Sie ließen sich noch das beste Haus am Platze, gleich gegenüber, empfehlen und checkten ein. Auf sie wartete eine große Badewanne, die erst mal ausprobiert wurde. Das Bett zerwühlten sie gründlichst, waren dann einem Centolla-Essen sehr aufgeschlossen und gingen los.

„Schau mal," sagte Sr. Ernesto, „dort hinten ist das Museum und gleich gegenüber eine Wäscherei. Gute Idee für morgen?"

Während des Aufbrechens der Panzer schwelgte er schon von einem Ausflug in einen Nationalpark, einer Forellenzucht, einem Wasserfall und einem Gebiet, welches durch Biber aufgestaut worden ist. Noch besser wäre ein Flug über Kap Horn, aber inzwischen sei Wind aufgekommen, und den mögen die kleinen Rundflugmaschinen nicht.

Auch eine Besichtigung auf einer der Schaf-Farmen war in dem Reisebüro angeboten.

Sra. Yajaira kämpfte mit den Schalentieren, Ernesto wechselte seinen Platz von gegenüber und kam zu ihr auf die rustikale Holzbank. Er knackte ihr mehrere Panzer und versorgte sich selbst.

„Köstlich, nicht wahr?"

„Ja, , vielen Dank für das Auspacken!"

„Ich bin jetzt zweiundzwanzig tausend Kilometer gefahren, um nach Feuerland zu kommen, hier mit dir zu campieren und King Crabs zu speisen. Es war eine ausgezeichnete Idee. Ich könnte diesen Zustand noch wochenlang genießen, aber die Pflicht ruft. Du bist so wunderbar und ich werde dich vermissen. Hast du schon eine Meinung dazu, was wir morgen unternehmen werden?"

„Ich glaube, wir sollten das Programm nach dem Aufwachen erörtern. Ich kann jetzt nicht daran denken. Geht einfach nicht, mi amor!"

Beide hatten den Eindruck, dass eine Unterhaltung-, wie in den letzten Wochen zuvor-, kaum noch möglich war. Die Stimmung war gedämpft, die Sätze enthielten nur das Notwendigste. Die Situation und Beziehung war nicht frostig oder gar eingefroren, nein-, eher zäh-, nachdenklich und traurig.

Es war der Kloß im Hals, der beiden zu schaffen machte. Es lauerte die Gefahr des baldigen Abschieds, der Trennung einer verschmolzenen Einheit. Der Flieger würde hier am Ende der Welt landen, die Geliebte einverleiben und wieder abheben. Für den Piloten und das Flugzeug eine alltägliche Sache: Aber Sra. Yajaira und Sr. Ernesto werden diese Erfahrung in ihrer Beziehung das erste Mal durchleben und durchleiden und konnten sich nur schwerlich an den Gedanken gewöhnen.

Sie konnten beide nicht einschlafen. Irgendwo draußen stand ein Flaggenmast, dessen Seile durch den Wind an den Mastkörper schlugen. Sr. Ernesto sann darüber nach, warum das Seil wohl nicht innen laufen könne, oben an der Mastspitze würde innen eine Umlenkrolle sitzen, die Seile verliefen innen, ein auf gesamter Mastlänge verlaufender Schlitz ermöglicht den Einsatz zweier-, mit Ösen versehende Schlitten auf Rollen innen und außen, an denen jeweils das Fahnenoberteil respektive das –Unterteil befestigt und gestrafft werden würde. Ein geräuschloser Fahnenmast eben. Im weiteren Verlauf der Schlaflosigkeit musste er dann an all die Millionen von Menschen denken, die weltweit verteilt in dieser Nacht durch eben dieses nervtötende Geräusch vom Schlaf abgehalten werden.

Yajairas Kopf lag wie immer beim Einschlafen auf seiner Schulter. Ihre Gedanken tendierten in Richtung Alltag, der sie in Caracas erwartete. Sie malte sich aus, wie eine Scheidung verlaufen würde. Für sie stand fest, dass sie auch ohne, d.h. nur ohne ihren Ehemann weiterleben wolle. Sie stellte fest, dass sie mit Ernesto an das Ende der Welt fahren musste, um zu dieser Einsicht zu gelangen. Sie hatte ihm zu verstehen gegeben, wie dankbar sie ihm war und ist. Und er zeigte sich in Allem so verständnisvoll. Nie zuvor hatte sie Themen anschneiden können, die sie so persönlich betrafen, Erfahrungen und Erlebnisse, die nur er durch sie vermittelt bekommen hatte. Diese drei Wochen hatten ihrem Herzen frische Luft zugeführt, es geöffnet, sie konnte jedes Thema anschneiden, es wurde gehört, verarbeitet, darauf reflektiert und diskutiert. Sie fühlte sich freier, losgelöst, offener, stärker. Sie war zu dem Punkt gelangt, einen neuen Anfang zu wagen, nachdem sie sich ihrer Altlasten entledigt haben wird. Zu lange hatte sie gezögert, Emotionen, Erwartungen, Tradition vorgeschoben, um einen abrupten Wechsel ihres Lebenswandels herbeizuführen. Jetzt war es an der Zeit für eine Änderung!

Das Licht der Straße warf einen Schein in ihr Zimmer, sie blinzelte zu Ernesto und bemerkte, dass auch er noch wach war.

„Ernesto... darf ich?" und glitt, ohne die Antwort abzuwarten, auf ihn hinauf.

Nach dem Frühstück hatten sie sich für den Besuch des Museums am Ende Welt entschieden, während zwei Waschmaschinen im Waschsalon für sie tätig waren. Die Zeit des Trockenvorgangs warteten sie in dem Cafe gegenüber bei einem Stück Torte nebst einer Tasse Kaffee ab.

Sie verstauten die gewaschene Wäsche im Auto, erstanden Ansichtskarten und machten sich auf, dem Nationalpark am Ende der Route 3 einen Besuch abzustatten. Sie waren allein hier am Ende der Welt. Kein Mensch. Doch, einer: Der Parkwächter. Hier also waren sie wirklich am südlichsten Punkt der

Welt angelangt, den man per Auto erreichen kann. Sie sahen wieder so viele Tiere, von Bibern aufgestaute Seen, das bunte Herbstlaub, die bereits eingeschneiten Bergkuppen, der Südwinter war auf dem Vormarsch.

Sie nahmen sich die Zeit, die Postkarten zu beschreiben, die sie dann später in Ushuaia im Hotel abgaben. Sie spazierten durch den Park, die vernahmen den Geruch des Waldes, sie lauschten dem Wind, der in den Wipfel der Bäume rauschte, die Schaumkronen auf den Wellen des Beagle-Kanals; für alle Sinne war wieder etwas, nein: viel-, dabei!

„Yajaira, was hälst du von einer Happy Hour?"

„Honey, bar is open?"

"Für dich immer! Heute aber ohne Eiswürfel."

„Na ja, kalt ist es ja, also, mir ist nach einem Cacique, mit etwas Limone bitte und ein Schuss Angustura-Bitter."

Sr. Ernesto bereitete zwei, so saßen sie wieder in Fahrtkonfiguration, so wie die letzten siebentausend Kilometer auch, das Auto stand, aber jetzt sahen sie auf das Meer vor ihnen und die dahinter liegenden Inseln Chiles. Hier konnten sie nicht mehr weiterfahren. Sie stießen an auf Rio, auf den Morro de Urcas, später auf sich, Uruguay, dann Chile und auf Feuerland an. Sie freuten sich, so harmonisch an das Ende der Welt gelangt zu sein. Beiden war bewusst, der Welt nun wieder ihr Gesicht zu zeigen. Und das war wohl weit schwieriger, als der Weg hierher?

Nach dem zweiten, vielleicht aber auch dem dritten oder vierten Glas warf Yajaira ihm wieder diesen fragenden Blick zu, der bedeutet: „Kommst du mit?"

„Gegenfrage: Möchtest du auf das Wasser schauen, dann drehe ich geschwind den Wagen?"

„Genau, bitte, ich gehe schon mal nach oben."

So verging auch dieser Nachmittag mit Blick auf See nebst unzähligen Kuscheleinheiten, sprichwörtlich am Ende der Welt.

Zurückgekehrt nach Ushuaia entdeckten sie in der Abenddämmerung ein spärlich erleuchtetes Billard-Lokal und beschlossen, Billard zu spielen. Sie hatten so viel Spaß, die Zuschauer noch mehr, weil sie sich sehr ungeschickt anstellten.

An der Hotelrezeption gaben sie die Postkarten ab und bestellten einen Weckanruf für um acht Uhr; für den Fall, dass sie bis neun Uhr nicht am Frühstücksbuffet gewesen sein sollten, erbaten sie noch einen Weckanruf und erklärten den Grund.

Sie beschlossen, keine weiteren kulinarischen Experimente in Ushuaia einzugehen und wählten wieder das Lokal, in dem sie gestern köstlich aßen.

Der Weckanruf erfolgte pünktlich, das Buffet reich wie am Vortage, sie checkten aus, erreichten den Miniflughafen und den Schuppen mit dem Schalter. Alles lief nach Plan und den Anweisungen der Dame aus dem Reisebüro. Die freundliche Angestellte des Bodenpersonals überprüfte die Daten des Passes mit denen auf dem Billett, warf einen Blick auf das pralle Handgepäck und ließ es als solches durchgehen. Daraufhin stellte sie die Bordkarte aus. Auf der Landebahn war die Maschine aus Rio Gallegos gelandet und konnte durch ihre eingeschaltete Schubumkehr ihre Ankunft nicht verbergen.

Während die anderen Passagiere in einer Art Wartesaal ausharrten, standen Sra. Yajaira und Sr. Ernesto in der Nähe des Ausgangs, der Ausdruck „Gate" wäre übertrieben gewesen. Sie konnten keinen Laut herausbringen; Schluchzen, Heulen, Weinen, Wimmern waren die Ausdrücke, die diese Situation am besten beschrieben; sie küssten sich und holten manchmal auch Luft.

Die ankommenden Passagiere strömten in die Halle, warteten auf das Wägelchen mit ihrem Gepäck. Die beiden standen unbeweglich wie zu Marmor erstarrt, ein Denkmal bildend.

6. Kapitel

Die freundliche Schalterdame stellte sich neben sie und tippte Yajaira auf die Schulter. Ein zweites Mal. Keine Reaktion.

Sie wurde lauter: „Sra. Yajaira, darf ich sie etwas fragen?"

„Und?"

„Müssen sie unbedingt heute nach Rio?"

„Eigentlich ja, und doch wiederum nicht."

„Ich frage deshalb: Die Maschine ist restlos ausgebucht. Aber ich habe hier einen sehr wichtigen Passagier, der im Interesse der nationalen Sicherheit mitfliegen sollte."

Sie ging zum Plural über: „Wir machen ihnen folgendes Angebot: Sie bekommen ihr Geld zurück, wir zahlen ihren Flug morgen Mittag ab Rio Grande mit Aerolineas Argentinas über Buenos Aires nach Rio und die Unterkunft im Hotel in Rio Grande,wo sie schon vorgestern wohnten und alle

Kosten für sie beide werden durch uns beglichen."

Ernesto flüsterte: „Sage nichts, hier stinkt es, wir nehmen das an. Mit Militärdiktaturen ist schlecht Kirschenessen! Literarisch heißt das „Deus ex machina, hier ist aber „Diabolus" zu unseren Gunsten am Werk!"

„Mi amor, das sind vierundzwanzig weitere Stunden für uns!"

Sra. Yajaira nahm diplomatisch und gern das Angebot an.

Ein schlanker Mann mittleren Alters und Sonnenbrille kam hinzu und dankte den beiden.

Der Papierkram war schnell erledigt, die Gutscheine ausgestellt und die beiden wurden verabschiedet. Als sie zum Wagen gingen, vernahmen sie, wie die Turbinen der Maschine auf Touren kamen, das Flugzeug Fahrt aufnahm, sich entfernte und über dem Meeresarm an Höhe gewann und entschwand.

„Yajaira, merkst du etwas? Wir sind kaum trennbar. Hoffentlich bleibt das so!"

„Woher wussten die, wo wir vor ein paar Tagen übernachteten?"

„Ich denke, dass der Sonnenbrillentyp vom argentinischen Geheimdienst war und ist, und die Schalterdame auch. Und wenn die so nervös und hysterisch sind, dann liegt dort etwas in der Luft. Die legen sich mit den Engländern auf den Falkland Inseln an, um von den innerpolitischen Problemen im Lande abzulenken. Sie erfinden einen Feind und einen so das Volk. La union hace la fuerza, Simon Bolivar, noch Fragen?"

„Ernesto, mein Bruder sagte mir, dass Frau Thatcher zwar Miterfinderin des Softeises war, aber ansonsten ziemlich tough, die lässt sich eine Provokation der Argentinier nicht gefallen! Also, auf geht es nach Norden! Wird es dir etwas ausmachen, dass ich entgegen unserer Abmachung „gemeinsam an das Ende der Welt zu fahren" nun auch noch ein Stück mit dir zurück fahre?"

Er hatte die Wagentür schon geöffnet. Anstatt zu antworten hob er Yajaira sachte auf ihren Sitz, reichte das Gepäck nach und begab sich hinter das Steuer. Sie hatte inzwischen wieder die Position in der Mitte eingenommen und zog ihn zu sich heran, um ihn zu umarmen und innigst zu küssen. Nach einer gewissen Weile ließen sie voneinander ab und versuchten, ihre Gedanken zu ordnen.

„Ernesto, ich sollte wohl meine Schwester anrufen."

„Und ich werde mich mal in Deutschland melden."

Nach den Telefonaten statteten die beiden am Ortsausgang der Forellenzucht einen Besuch ab, um dann die Stadt zu verlassen. Sie erklommen wieder die Berge und entschieden sich zu einem erneuten Halt an „ihrer" bereits bekannten Stelle am Lago Fagnano. Sie hatten gekocht, saßen auf der Decke, neben ihnen ein Glas Rotwein und sie schauten wieder auf den See hinaus. Yajaira unterbrach die Stille:

„Ernesto, oder soll ich Cero-cero-siete sagen?"

„Du hast recherchieren lassen, mi amor?"

„No, aber Großvater. Meine Schwester hat wohl etwas aus der Schule geplaudert. Daraufhin hat er wohl sich dazu berufen gefühlt, Nachforschungen über meine momentane Reise-Gesellschaft anzustellen. Und dabei kam dein Spitzname an der Küste von La Guaira zutage. Und warum 007?"

„Weil ich angeblich Agenten gleich die schwierigsten Fälle von verschwundenen Containern löste und sie wieder dem System nach bis zu vier Jahren zuführen konnte; daher."

„In deiner ehemaligen Firma Flores C.A. hast du ein Denkmal bekommen. Das hättest du mir ruhig erzählen können! Du revolutionierst die venezolanische Containerkontrolle und spielst mir hier den harmlosen Angestellten vor, der so gemütlich nach Feuerland fährt. Großvater war so von deiner Reputation dermaßen angetan, dass er meiner Schwester mitteilte, dass er uns bald und gemeinsam sehen möchte. Und sie klärte mich vorhin über diese Situation auf. Und was ergab dein Gespräch?"

Yajaira Temperament war in Fahrt gekommen und knuddelte ihn, drückte ihn zu Boden und setzte sich auf in rauf.

„Also, es sieht schlecht aus."

„Was?"

„Meine Anstellung in Hamburg."

„Warum?"

„Weil das Geschäft noch nicht richtig in Gang gekommen ist und eine Gehaltszahlung an mich nicht gesichert sein wird. Und meine Ersparnisse will ich nicht anrühren."

„Also.......?"

„Also bat mich mein Freund, noch zwei Jahre etwas anderes zu tun, um dann voll einsteigen zu können."

„Und-, hast du dir in den letzten Stunden schon darüber Gedanken gemacht, was du in jenen zwei Jahren tun wirst?"

„Eigentlich nicht, aber dann, so mit den letzten Neuigkeiten..., was sagst du zu dem Angebot in Bogota, ich erzählte dir doch von Herrn Bischoff und seiner Frau?"

„Ja, das tatest du, erwähntest aber nie den Namen. Und warum willst du in Bogota arbeiten und nicht zu mir nach Caracas kommen?"

„Gefällt dir diese kleine Provokation nicht? Vorhin stellten wir doch fest, dass es so aussieht, dass wir schlecht zu trennen seien. Also sehe ich das Angebot deines Großvaters als Bestimmung an und tue nichts lieber, als in deiner Nähe in Caracas das Arbeitsleben zu genießen. Die beiden in Ushaia getätigten Anrufe ergänzen sich doch wunderbar. Wenn du wie geplant weggeflogen wärest, dann hätte es nie diese Gespräche gegeben. Und zu unserer entspannten Unterhaltung jetzt und hier am See wäre es erst recht nicht gekommen. Es wird kalt, meine liebe, lasst uns packen und nach Rio Grande fahren!"

Die Sonne hatte an Kraft verloren, Yajaira und Ernesto wickelten sich in Decken ein und machten sich auf den Weg.

„Sage mal, Yajaira, wie stellt ihr euch denn meinen Einsatz in eurem Imperium vor? Ich habe kaum einen Schimmer von Telefonanlagen. Ich kenne nur Telefonkabel, die ich als kleiner Junge schon angezapft habe, um Familienmitglieder unerkannt abzuhören. Durch die erlangten Kenntnisse stellte ich dann unbequeme Fragen, die dazu führten, die Bereitschaft, mich in ein Internat zu entsorgen, zu fördern."

„Du hast Telefonkabel angezapft?"

„Ja klar, hatte mir mein Vater beigebracht, der früher Hobbybastler in Sachen Radio war. Ich hatte einen Empfänger für Mittelwelle, der gänzlich ohne Strom lief, ein sogenannter Detektor. Die Kupferdrahtantenne war gut 15 m lang und lieferte ein starkes Radio-Signal, das ich durch einen Kopfhörer empfing. Dann kam mir die Idee, auch andere Sachen abzuhören und spezialisierte mich auf das Abisolieren von Telefonlinien. Erst viel später hörte ich von dem Trick, mit einfachen Nadeln in das Kabel zu pieksen, um an die Adern zu kommen.

Das sind so meine einzigen Kenntnisse in Richtung Telefonie."

„Du weißt, dass Abhören verboten ist?"

„Damals wohl nicht, ich war so zwölf Jahre jung. Aber, ich muss dir sagen, ich hatte stets einen ungeahnten Informationsvorsprung.

Und der war wichtig. Ich verbessere mich: Ist immer wichtig!"

„Also, Ernesto, das wichtigste ist der Kundenkontakt. Die Einzelheiten überlassen wir einem Techniker. Aber auch dessen Kenntnisse hast du nach ein paar Gesprächen herausgefunden und gelernt. Die Angebote werden durch mich oder Minerva erarbeitet und von Großvater abgesegnet, später dann durch dich."

„Zwei Fragen noch, Frau Controllerin: Wie viel Angestellte sind bei euch beschäftigt? Und wie verhalte ich mich gegenüber Frl. Minerva?"

„Es sind so 45 Leute insgesamt, die Installations- und Wartungsarbeiten durchführen. So auch Änderungen auf Kundenwunsch erledigen, Fehler beheben usw. Die werden alle vom Chef-Techniker eingeplant. Am Montag ist stets eine Technikerrunde angesagt, danach schwirren alle aus und melden sich mit ihren Arbeitszetteln nach Abschluss des Auftrages zurück oder werden per Funk angepiept, um dann wieder zum nächsten Kunden aufzubrechen. Im Management sitzen dann zusammen mit uns beiden so ca. zehn. Soweit zur ersten Frage.

Aus Frl. Minerva ist heute eine sexy Frau geworden. Und dass ihr gemeinsam im Bett landet werdet, steht fest. Bleibt aber sozusagen in der Familie und daher nicht weiter zu verfolgen oder zu bestrafen. Sie war damals von dir begeistert, warum sollte sie heute ihre Meinung geändert haben?"

„Du meinst, du würdest ein Auge zudrücken, wenn wir unsere Zuneigung mal wieder auffrischten?"

„Zwei Augen. Aber, wenn ich dich mit einer...."

„Ja, habe verstanden, ich werde überversorgt sein."

Inzwischen hatten sie das Hotel in Rio Grande erreicht, und während Sr. Ernesto den Wagen einparkte, musste er an die rosige Zukunft denken, die ihm bevorstand.

Das Abendessen nahmen sie im Hotel ein, da es bereits durch den Geheimdienst o. dgl. bezahlt war. Auch hier schmeckten die Centollas ausgezeichnet und Sra. Yajaira machte große Fortschritte beim Knacken der Schalen. Nach dem Dessert hinterließen sie ein großzügiges Trinkgeld, bestellten den Weckanruf und begaben sich auf's Zimmer. Dort schrieb Sra. Yajaira die Telefon-Nummern ihrer Schwester in Rio, der Firma und von ihrem Zuhause auf. Inzwischen hatte sie auch die Abrechnung der Ausgabe während der Reise erstellt. Aus jener ging hervor, dass sie ihm etwas schuldete und gab ihm den Differenzbetrag.

Mit der Zuversicht, sich bald wieder als Arbeitskollegen zu begegnen, schliefen sie zufrieden ein. Der bisher gewohnte Kloß war abgeschwollen, die Situation entspannt, Jahre oder Jahrzehnte gemeinsamen Glückes lagen vor ihnen.

Die Sonne schien durchs Fenster herein, als der Weckanruf kam. Sie nahmen sich viel Zeit, um wach zu werden, frühstückten, packten das Auto. An der Rezeption war nichts zu regeln, weil schon alles beglichen war. So bedankten sich beide artigst für den Service und wünschten den Angestellten ein angenehmen Tag.

Zum Flugplatz waren keine fünf Kilometer zurückzulegen. Die Maschine aus Rio Gallegos rollte gerade aus und parkte. Sr. Ernesto eilte um das Auto, während Sra. Yajaira ihr Gepäck angelte, öffnete die Beifahrertür und hob sie heraus.

Am Schalter war man schon auf die Passagierin Yajaira vorbereitet, ein paar Stempel hier und dort, schon erhielt sie ihre Bordkarte. Vergeblich warteten sie auf einen

Geheimdienstoffizier. Jetzt sollte der Abschied tatsächlich erfolgen. Lange lagen sie sich in den Armen, bis der Aufruf zum Einsteigen erfolgte.

„Also, bis Ende April in Caracas, mi amor, paß` auf dich auf und grüsse deine Schwester, Minerva, und unbekannterweise Großvater nebst deiner Mama."

„Amor, vier Wochen ohne dich, sei bitte vorsichtig auf dem Weg nach La Paz, si!? Hasta luego, Ernesto!"

Somit lösten sich die beiden aus ihrer Umklammerung und dem Dauerkuss. Sra. Yajaira nahm ihre Tasche auf, passierte die Kontrolle, drehte sich noch einmal um, winkte, und entschwand nach draußen auf das Vorfeld.

Er ging zum Auto und fuhr etwas um die Ecke der Baracke. Hier hatte er eine gute Sicht auf den Flieger, der bereits die Triebwerke startete und losrollte, dann die Startbahn erreichte, um die Motoren auf laut zu stellen. Kurz darauf hatte er abgehoben und verschwand in dem blauen Himmel in Richtung Norden.

7. Kapitel

Sr. Ernesto stellte fest, wie allein er hier im Auto weilte, ohne die lieb gewonnene Anwesenheit Yajairas. Jene wiederum schaute von ihrem Fensterplatz auf die flache Ebene von Nord-Feuerland, querte alsbald die Magellanstraße und dachte an die wunderbaren vergangenen Tage mit Ernesto in Patagonien. Bis zur Ankunft in Rio lagen ca. viertausend sechshundert Flugkilometer vor ihr, sie freute sich, ihre Schwester und deren Tochter wiederzusehen, um ihr von dieser Reise detailliert zu berichten, bevor sie nach Caracas aufbrechen würde.

Der Jeep rollte los, bald schon wieder über die chilenische Grenze und schlug den Weg nach Nordwesten ein, um nach Porvenir zu gelangen. Inzwischen war der dritte Reifen auch mit einem Schlauch versehen, aber vor Porvenir waren noch einmal zwei Platten zu beheben. Auf der Fährüberfahrt nach Punta Arenas genehmigte er sich ein Beck`s an Deck und sah Feuerland hinter sich schwinden und voraus das Festland nahen.

An der Plaza erspähte Sr. Ernesto einen Friseur, parkte das Auto in Sichtweite, sicherte die Türen und unterzog sich einem Haarschnitt.

Im Restaurant El Ponton kehrte er ein, hatte mehrere Pisco sour an der Bar. Während er sich dem Verzehr von Centollas widmete, kam ein Herr an die Bar und stellte sich als Hacienda-Besitzer auf Feuerland vor. Im Verlauf des Gespräches und weiterer Piscos kam er zu der Überzeugung, dass Sr. Ernesto der Richtige sei, eine seiner beiden Töchter zu ehelichen, um die Farm mit ihren dreitausendfünfhundert Schafen, Pferden und sonstigem Viehzeug zu übernehmen. Er selbst hatte genug gearbeitet und wolle eine reine Passagierfährlinie von Porvenir nach Punta Arenas aufbauen.

Als er vernahm, dass sein Bar-Nachbar deutscher Schifffahrtskaufmann war, wurde er direkt und zudringlich.

Er rechnete ihm das Leben auf Feuerland schön, versprach dies und das, sozusagen den Himmel auf Erden, in diesem Falle den grauen Himmel Nordostfeuerlands. Als Sr. Ernesto all jene Vorschläge ablehnte, war der Sr. Feuerland sehr betrübt und bestellte zwei weitere Piscos.

Ob er für die Zukunftspläne des Sr. Ernesto in Caracas Verständnis hatte, ist unklar, auf jeden Fall wünschte er ihm für seine Weiterreise viel Glück.

Sr. Ernesto setzte wie geplant seine Reise fort. Er schaute sich Fuerte Bulnes an, ebenso die erste Siedlung der Gegend, Puerto Hambre. Zur Abwechslung ereilte ihn hier einmal wieder ein Platten. Die Sonne lachte den ganzen Tag, wie schon seit Tagen und Südchile zeigte sich, wie Südfeuerland schon, in den schönsten Herbstfarben. Am Seno Otway wehte es gar fürchterlich, so dass er um die Pinguine fürchtete, ins Wasser gepustet zu werden. Im Hintergrund lagen schneebedeckte Berge, die reine Postkartenlandschaft. Und das Beste: Bis auf die paar tausend Pinguine vor ihm: Menschenleer. Der eisige und scharfe Wind hielt für mehrere Tage an; so wehte es in Puerto Natales, im Nationalpark Torres de Paine, an den Eisbergen im See des Gletschers Grey. Wilde Tiere gab es, wohin er auch schaute: Gänse, Nandus und Guanacos, und auf der Rückfahrt nach Puerto Natales Schwarzhalsschwäne und Kormorane.

Anfang April reiste Sr. Ernesto wieder nach Argentinien ein, verbrachte vier Tage in der Region von Calafate, um eine Fahrt über den See zu genießen, wieder bei schönstem Sonnenschein. An diesem Tage begann der

Falklandkrieg, von dem auf dem Schiff mit den darüber schwebenden Condoren nichts zu spüren war. Der Gletscher Perito Moreno war tagsüber durch die Sonne so erwärmt, dass an der Abbruchkante von sechzig Meter Höhe zum See hin abends und nachts das Gletscherkalben zu sehen und während der Nacht zu hören war, weil er unweit des Gletschers im Nationalpark übernachtete

Es war noch kälter als auf Feuerland geworden. Das Wetter blieb freundlich, so dass einem Ritt vom Lago Viedma in Richtung des Berges Fitz Roy nichts im Wege stand. Dabei wurden Flüsse durchwatet, Wälder mit Südbuche durchritten, um oberhalb der Baumgrenze mit Panoramasicht inmitten der Anden die nach Süden und Norden verlaufende mächtige Gebirgskette zu erahnen.

Weiter ging`s auf der Routa 40 in Richtung Norden vorbei an Tamel Aike. Diese Bezeichnung hatte Sr. Ernesto schon im Alter von dreizehn Jahren fasziniert. Der Ort war in seinem Schulatlas als Knotenpunkt verzeichnet. Aber in dieser Steppe, durch die jene Schotterpiste der Routa 40 verläuft, sieht Tamel Aike ganz anders aus. Drei Häuser, davon zwei verlassen und eine halbe Tankstelle. In der Nähe erlaubte er sich einen Abstecher zu einem Canon, an dem die

Cueva de las Manos mit Höhlenmalereien liegt.

Am Ostersamstag bog Sr. Ernesto bei San Carlos de Bariloche nach Westen ab, um über einen Andenpass nach Chile zu gelangen und damit Patagonien zu verlassen. Das Leiden des Wartens, Patagonien zu bereisen, waren nach einem Monat geheilt-, eine neue Leidenschaft erwuchs.

An diesem Morgen fand ein Herr in Uruguay eine Ansichtskarte in seinem Briefkasten. Sie war adressiert an:

„Den Besitzer des blauen (neu gestrichenen) Zaunes zwischen Faro Jose Ignacio und Balneario Buenos Aires, Maldonado, Uruguay."

Er las seiner Frau den Text vor:

„Geschätzte Senora und Senor, wir senden Ihnen herzliche Grüße aus Ushuaia, Tierra del Fuego. Wir danken ihnen nochmals für die uns gewährte Gastfreundschaft vor drei Wochen! Saludos, Sra. Yajaira y Sr. Ernesto y el jeep rojo."

"Magdalena, du erinnerst dich an die beiden? Ich glaubte ihnen neulich nicht, umso mehr die Freude, dass sie mich nicht auf den Arm genommen haben und ihren Traum verwirklichten. Leute gibt es.."

„Die beiden sind, so wir ihr Auto, eben etwas Besonderes, das sagte ich dir schon neulich, aber du mit deinen Vorurteilen!"

Es war Ostersonntag um acht Uhr morgens, als Sr. Ernesto in seinem Zimmer des Hotels Osorno durch ein Kratzgeräusch erwachte. Unten auf der Plaza war doch tatsächlich jemand am Laub harken! Seit Feuerland war es die erste Übernachtung in einem Hotel und sollte das letzte Hotel auf dieser Reise bleiben.

Tagebucheintrag 11.04.1982:

Verlasse Patagonien nach vier Wochen und einem Tag beim Überschreiten des Rio Bio Bio um 15.00 h.

Sechs weitere Tage kämpfte sich Sr. Ernesto über Talca, Santiago, La Serena, Antofagasta, Arica nach La Paz. Die Tagesleistung lag im Schnitt auf nunmehr geteerten Straßen bei immerhin achthundert Kilometern. Lediglich zwischen Arica und La Paz wurde der Wagen wieder auf Schotter gerüttelt, aber zum Glück ohne weitere platten Reifen. Der Andenpass Tambo Quemado liegt auf viertausend achthundert Metern Höhe, umringt von kleinen ehemaligen Vulkankegeln, die mit einer Schneekappe versehen waren. In der kargen Steppe grasten Guanacos, die sich in den Bergseen mit den Bergen spiegelten. Es war wolkenlos und windstill. Der bolivianische Grenzer erspähte als erstes den an der Decke baumelnden Tränengasspray und behielt ihn ein. Er meinte, so etwas sei verboten.

Sr. Ernesto hatte vorsorglich einen Hundertdollarschein lose in der Hosentasche, um den Grenzer im Falle eines beabsichtigten Eintrags des Wagens in den Pass mit einer kleinen Zahlung davon abzubringen. Jener freute sich jedoch so sehr über „seinen" neuen Spray, dass er nach Ausfüllen des Carnets den Passeintrag vergaß.

„Yajaira," murmelte Sr. Ernesto nach dem Verlassen der Grenzstation, „wir haben soeben einen Monat Fahrzeit eingespart!"

Inzwischen waren drei Wochen seit der Trennung in Rio Grande auf Feuerland vergangen. In seiner Einsamkeit auf den schier endlos wirkenden und entnervenden Schotterpisten der Routa 40 führte er beinahe ständig Selbstgespräche, in die er auch die Fragen und Antworten Yajairas mit einbaute. Mit dieser Art der Unterhaltung schienen die

Kilometer schneller durch die Wüste oder öde Steppe vorbeizuziehen.

Mitte April stieß Sr. Ernesto nach einer sehr schlechten Piste von Tambo Quemado auf die Strecke La Paz – Oruru und freute sich über das Reifengeräusch auf dem Asphalt. Nach ungefähr einer Stunde Fahrt erreichte er El Alto und rollte genau nach drei Monaten Abwesenheit hinunter in den Kessel von La Paz. Er durfte wieder bei den Bekannten auf dem gesicherten Firmengelände einer ehemaligen deutschen Fleischerei parken und campieren, machte sich etwas stadtfein und ging in das Plaza-Hotel, um von dort aus den potenziellen Käufer des Wagens anzurufen. Dieser war auch sofort am Telefon und sie verabredeten sich für den nächsten Morgen zur Besichtigung des Fahrzeuges, um danach bei einem Notar die Umschreibung zu bewerkstelligen.

Sr. Ernesto freute sich sehr über diese Nachricht und zog das Papier mit Yajairas Telefonnummern aus seiner am Gürtel baumelnden Kartentasche. Er wollte zunächst die Schwester fragen, ob dort alles glatt gegangen sei. Insofern beantragte er als erstes ein Gespräch nach Rio. Nach einigen Minuten signalisierte die Rezeption, er möchte sich wieder in die Kabine begeben, die Verbindung stehe.

„Hallo Sr. Ernesto!"

„Yajaira?"

„Nein, ich bin die Schwester, wie geht es dir?"

„Wunderbar, ich bin vorhin in La Paz heil angekommen, an der Grenze ging alles klar, morgen verkaufe ich das Auto und dann geht es ab nach Caracas. Ich werde gleich nach dem Telefonat in ein Reisebüro gehen, danach werde ich das Auto entrümpeln und säubern. Ist Yajaira gut bei dir gelandet und weiter nach Venezuela geflogen?"

„Und wo bist du jetzt?"

„Wie gesagt, in La Paz, Bolivien, Lobby Hotel Plaza, warum?"

„Kannst du länger telefonieren?"

„Mir dir? Solange du willst, aber noch lieber und eigentlich später mit Yajaira, ohne dich abwimmeln zu wollen, verstehe mich bitte nicht falsch."

„Ernesto, Yajaira kam hier pünktlich an. Mein Mann und ich holten sie an dem Abend ab. Sie war so verändert, sie sprudelte vor

Fröhlichkeit wie wir sie seit Jahren bei ihr nicht mehr erlebt hatten. Ihr habt, wie sie sagte, eine ganz tolle Zeit zusammen verlebt."

„Das kann man wohl sagen. Und jetzt wollen wir auch noch gemeinsam arbeiten und zusammen leben, weil die Sterne es mit uns gut meinten und die Entwicklung so verlief. Aber das weißt du sicherlich alles. Ich hoffe, dass sie ihre Meinung nicht geändert hat, oder weshalb stimmst du mich auf ein längeres Gespräch ein?"

„Hast du noch etwas Zeit?"

„Ja. Sie ist zu ihrem Mann zurück gekehrt, verdad?"

„No, schlimmer. Sie kam hier an, gab ihre zwanzig Filme in die Entwicklung und zeigte uns über siebenhundert Fotos von eurer Reise. Sie war so begeistert, Großvater hatte über dich Erkundigungen eingezogen und will euch die Chance geben, das Geschäft zu übernehmen. Todo era muy chevere.."

Sr. Ernesto registrierte den Konjunktiv..

Alicia hatte angefangen zu schluchzen, fing sich jedoch und fuhr fort:

„Yajaira hatte den Flug nach Caracas schon gebucht, wollte am nächsten Tag ins

Reisebüro, um das Ticket zu bezahlen und zu holen, wir hatten einen netten Abend und lauschten ihren Erzählungen vom argentinischen Geheimdienst, euren Lagerfeuern.."

„Alicia, ich möchte nicht unhöflich sein, aber ist ihr etwas passiert?"

„Nein und wiederum ja," heulte sie los, wir gingen schlafen und am nächsten Morgen wollte ich sie wecken, nachdem mein Mann außer Haus war.."

„War sie weg?" unterbrach er sie.

„Nein, sie wachte nicht wieder auf, sie war über Nacht.."

Weiter kam sie nicht.

Mit ganz dünner Stimme fragte Sr. Ernesto:

„Sie ist gestorben?"

„Ja, einfach so eingeschlafen und nicht wieder aufgewacht. Die Obduktion brachte die Antwort: Sie hatte wohl ein schwaches Herz und das war durch die Glücksphase stehen geblieben. Es tut mir so leid für euch beide. Sie war so glücklich mit dir und hatte ihr Leben wieder voll im Griff."

Sr. Ernesto hatte keine Kraft mehr, den Hörer zu halten, er hängte wortlos ein, begab sich zur Rezeption, zahlte die Gespräche und setzte sich in die Lobby. Ein Kellner fragte nach einem Wunsch; Sr. Ernesto bestellte zwei Piscos. Nun erst verlor er die Fassung, Tränen rannen, er hatte Schwierigkeiten, sie zu trocknen. Der Kellner kam mit den Gläsern, stellte sie ab, bemerkte den Zustand des Herren im Sessel, der sehr bleich aussah.

„Senor, darf ich ihnen einen Arzt rufen? Entschuldigen sie, sie sind sehr blass, leiden sie vielleicht an der Saroche, sie wissen, an der Höhenkrankheit und haben Probleme mit der Atmung? Wir befinden uns hier auf 3.700 m, da sollten sie keinen Alkohol trinken, ich bringe ihnen einen Tee."

„Nein, es ist schon gut, Senor, ich erfuhr soeben vom Tod eines geliebten Menschen, deswegen fühle ich mich gar nicht gut," und nippte an dem ersten Glas.

In dem Moment kam ein Page und fragte, ob er Sr. Ernesto sei, in Kabine 3 wartete ein Telefonat auf ihn.

Er stand auf, nahm ein Glas mit und lenkte seine Schritte zum Telefon.

„Si.."

„Hier ist Alicia, es tut mir leid, dich zu stören. Es ist aber besser, wenn wir jetzt reden, glaub` mir bitte."

„Sage mal, arbeitet ihr auch bei einem Dienst, wie gabelst du mich hier auf?"

„Mein Mann und ich wussten, dass du auflegen würdest und Yajaira hatte uns erzählt, dass du bequem aus Hotels telefonierst. Also fragte ich dich vorhin, wo du bist. Und eine Liste mit den Telefonnummern der besten Hotels in la Paz hatten wir schon parat."

„Ihr denkt aber an alles und vor allem nach" bemerkte Sr. Ernesto.

„Wir haben so einiges in den letzte drei Wochen durchgemacht, bitte tue unserer ganzen Familie den Gefallen und komme so schnell wie möglich nach Rio. Wir zahlen dir alle Flüge. Aber bitte komme hierher. Verkaufe bitte morgen dein Auto, rufe uns an und teile uns die Ankunft mit, damit wir dich abholen. Alles Weitere besprechen wir dann hier, estamos?"

„Si, Alicia, hasta luego," legte auf und leerte das Glas.

Dann setzte er sich wieder in die Lobby, entlohnte den Kellner, leerte das andere Glas und entschied, durch Flucht in die Arbeit das Grübeln einzudämmen und trottete zurück in die Calle Stanta Cruz, vorbei am Hexenmarkt, wo u.a. getrocknete Lama-Föten als Talisman verkauft werden.

So begann er, den Wagen auszuräumen, fuhr den Jeep neben einen Wasseranschluss mit einem langen Schlauch und spülte den Staub von den Borden und Wänden und anschließend außen. Mit den Tüchern, die er ohnehin entsorgen wollte, trocknete er alle Flächen, sortierte das zum Wagen Gehörige nach dem Säubern wieder ein.

Seine persönlichen Sachen verstaute er in dem Koffer und in einem kleinen Rucksack für die Reise nach Rio und Caracas. Von den übrigen vielen Sachen trennte er sich und schenkte sie der Muchacha des Hauses, die sich als Analphabetin sehr über die Reiseschreibmaschine freute, die Stiefel ihrem Enkel zudachte usw. Den nicht mehr brauchbaren Rest verstaute er in mehreren Abfalleimern.

Sr. Ernesto nahm sein Tagebuch vor und trug die letzten Daten ein: Den aktuellen Kilometerstand; es waren von Caracas bis hierher über den Umweg Feuerland genau 30.054 Kilometer gewesen, er hatte an einhundert zweiundzwanzig Tankstellen

6.097 Liter Benzin getankt. Es folgten die Tagebucheintragungen der letzten beiden Tage mit der Überquerung der Anden von Arica nach la Paz und die eben schmerzlichste Nachricht, die er vor wenigen Stunden erfuhr. Seine Stimmung war auf dem Nullpunkt, raffte sich dann aber auf und steuerte ein Reisebüro an, in dem er sich nach einem Flug nach Rio de Janeiro erkundigte. Er buchte noch nicht, weil er noch nicht glaubte, dass der morgige Eigentümerwechsel am Auto tatsächlich gelingen wird.

Es war wieder sehr kalt geworden. Er setzte sich in einer Seitenstrasse in ein Cafe, wo es Schwarzwälder Kirschtorte gab, eine Spezialität in La Paz. Nach dem Verzehr mehrerer Kuchenstücke entschied er, sich schlafen zu legen. Es war die letzte Nacht in seinem Auto.

Der Reisewecker klingelte und er bereitete den Wagen für den angekündigten Besuch vor, der überpünktlich eintraf. Dieser bekam die Technik erklärt, auch die etwas schwachen Blinkerrelais, welche Reifen mit Schläuchen versehen waren, wo die Ersatzteile sind (und mehrere Konservendosen aus zehn Ländern), die Sicherungstechnik der Türen, die Stereoanlage, Casettendeck, Verstärker und die Bar. Der Käufer war zufrieden und sie schritten zum Notar. Jener hatte bis auf die persönlichen Daten den Vertrag aufgesetzt, insofern war dieser Fall in weniger als einer Stunde abgehandelt.

Der Käufer hatte die Wagen-Papiere, Versicherungsunterlagen und die Schlüssel ausgehändigt bekommen und Sr. Ernesto als Gegenwert eine große Plastiktüte mit Geld erhalten. Das wurde in Gegenwart des Notars gezählt, der vereinbarte Betrag stimmte.

Ein paar Straßen weiter befand sich die Reiseagentur, in der er gestern bereits vorgesprochen hatte, erstand das Ticket und wechselte nebenan in einer Wechselstube den Resthaufen Papier zu sehr ungünstigen Bedingungen in Dollar um.

Nun half er dem Käufer noch, mit dem Wagen das Fabrikgelände zu verlassen, indem er ihm das Tor öffnete, ihn verabschiedete und das Tor wieder verriegelte.

Nachdem er vom Hotel telefonisch Alicia seine Ankunftszeit durchgegeben hatte, verbrachte Sr. Ernesto den Spätnachmittag mit den Eigentümern der Fleischfabrik, um sie im Anschluss daran zum Ausdrucks seines Dankes am Abend in das Restaurant „La Caretta" einzuladen.

Sie nahmen mehrere Piscos zu sich, das Abendessen war hervorragend, die Unterhaltung locker. Eine Taxe brachte die Drei in die Calle Santa Cruz, der Fahrer wartete, Sr. Ernesto holte sein Gepäck aus dem Haus, welches der Fahrer einlud, bedankte und verabschiedete sich bei sowie von den beiden, stieg ein und entschwand zum Flugplatz. Es war halb zwölf, insofern reichlich Zeit, um vor Mitternacht, dem Beginn der Sperrstunde, im Flughafengebäude zu sein.

Die Flugplatzbude war gut geheizt. Soldaten schliefen auf den Bänken, Sr. Ernesto tat es ihnen gleich und fiel in tiefen Schlaf. Um fünf Uhr kam etwas Leben in die Hütte, Schalter wurden geöffnet, bald darauf landete die Lufthansa-Maschine aus Lima, die hier den Endpunkt in Südamerika bedient, um dann nach Frankfurt zurückzufliegen. Die DC 10 kam so nahe an das Gebäude, dass man den Schriftzug der Patenstadt „Bochum" erkennen konnte.

Sr. Ernesto dachte daran, dass auch er mit dem Flugzeug in die Heimat hätte fliegen können. Er hatte sein in Venezuela gespartes Geld nach Hause geschickt; für ein paar Jahre würde es schon reichen. Jetzt aber würde er in Caracas weiterarbeiten und die Summe in Deutschland verzinsen lassen.

Dann kam ihm der Gedanke, ohne Yajaira dort zu leben zu müssen und diese Tatsache betrübte ihn wieder sehr.

8. Kapitel

Wenig später flog auch er los, über Lima und Sao Paulo erreichte er pünktlich den internationalen Flughafen Rios. Alicia und ihr Mann Federico empfingen ihn so herzlich, als wenn sie sich bereits Jahre kannten.

Auf dem Weg zum Wagen fragte Alicia, ob er schon sehr müde sei. Wenn nicht, dann könnten sie noch ein Restaurant besuchen, ein Babysitter kümmerte sich um die Tochter Luisa.

So kehrten sie ein, und während des Essens erzählte Alicia minutiös alle Einzelheiten von der Ankunft Yajairas aus Feuerland bis zum Empfang der Urne.

„Und wo befindet sich die Urne jetzt? Ist sie denn schon beigesetzt?" fragte Sr. Ernesto interessiert.

„Nein, sie ist bei uns zu Hause im abgeschlossenen Kleiderschrank. Wir möchten Dich bitten, sie im Handgepäck mitzunehmen, wir haben dich auf Übermorgen nach Caracas gebucht."

Sr. Ernesto holte tief Luft, stand auf und bat seine Gastgeber, ihn für ein paar Minuten zu entschuldigen. Er schritt vor die Tür und inhalierte tief Rios Nachtluft. Die detaillierten Ausführungen Alicias hatten ihn schon an den Rand des Fassbaren gebracht, aber mit der toten Geliebten im Gepäcknetz nach Venezuela zu jetten war jenseits seiner Vorstellungskraft. Das bedurfte der Stärke, über die er in diesem Moment nicht verfügte.

„Also," gab er nach seiner Rückkehr an den Tisch kund, „erlaubt ihr mir einen Tag zum Nachdenken, si? Das alles kam ziemlich heftig und plötzlich. Ihr habt schon vielleicht etwas Abstand gewonnen, aber bei mir.." seine Stimme versagte.

Wenig später und nach dem Zähneputzen lag er in dem Gästebett, in dem Yajaira eingeschlafen war. Er kuschelte mit ihrem Kissen, das seine Tränen trocknete und schlief dann innerlich aufgewühlt ein.

Alicia hatte ihn ausschlafen lassen. Sr. Ernesto erwachte mit reichlich Sauerstoff mal wieder in Meereshöhe und fühlte sich schon etwas wohler. Das Frühstück bekam ihm auch gut. Das Kind war mit dem Kindermädchen im nahen Park zum Spielen.

Alicia hatte die Berge von Fototaschen gebracht und es vergingen Stunden, bis sie nun mit ihm wirklich alle nochmal durchgegangen war. Vorher hatte sie eine Waschmaschine angestellt, um Ernestos Kleidung zu waschen. Später unterbrach sie die Bilderschau, um die Wäsche in den Trockner zu laden. Dann kehrten das Kindermädchen und Luisa zurück, es gab einen Salat zum Mittagessen und Sr. Ernesto legte sich wieder hin.

Abends erhielt er seine gelegte und gebügelte Wäsche, die er sogleich im Koffer verstaute. Inzwischen fühlte er sich stark genug, nach der Urne zu fragen. Alicia zeigte sie ihm und die dazugehörigen Begleitpapiere, für die sie tagelang unterwegs gewesen war.

„Alicia, bitte entschuldige meine gestrige Unentschlossenheit. Jetzt aber sage ich dir, dass ich für die Überführung bereit bin, und fühle mich durch euch geehrt, mir diese delikate Angelegenheit anzuvertrauen. Darf ich mal Probehalten?"

Schweigend übergab sie ihm das Gefäß. Er hielt es für einen kurzen Moment, um es ihr sofort wiederzugeben.

„Also Morgen, si?"

„Ja, du schaffst das!"

„Darf ich euch heute Abend in das nette Restaurant von gestern Abend einladen?"

„Warten wir doch Federicos Rückkehr ab, ok?"

Jener kam wenig später nach Hause und stimmte dem Vorschlag zu, erbat nur etwas Zeit zum Umziehen.

Sie bestellten und aßen, plauderten, stießen mehrmals an. Sr. Ernesto war nicht ganz bei der Sache und dachte ständig an den Transfer von morgen. Er war froh, als er wieder Bett lag. Federico und Alicia vervollständigten indes sein Handgepäck mit der Urne und den Fotos.

Ernesto hätte wetten können, Yajairas Stimme vernommen zu haben, es war aber die Alicias, die ihn ganz sanft, vielleicht zu sanft, weckte. Zu ähnlich klingen-, nein, klangen die beiden.

Auf dem Weg zum Flughafen sprachen sie nur das Nötigste. Mehr gab die Situation und der frühe Morgen noch nicht her.

Sr. Ernesto gab seinen Koffer auf, erhielt die Bordkarte und dann standen die Drei ziemlich sprachlos herum.

„Ernesto, hörtest du schon von unserer Cousine Minerva?" fragte Alicia scheinheilig.

„Ach ja, die Welt ist doch so klein!" fügte sie hinzu.

Ihm wurde bewusst, dass sie „es" alle, bis auf Federico, wussten. Das konnte ja heiter werden.

„Wird es dir etwas ausmachen, wenn Minerva dich vom Flieger abholen wird?"

Sr. Ernesto wunderte sich, mit welcher Leichtigkeit diese Familie mit dem Tod umging. Aber vielleicht hatten sie recht. Das Leben geht weiter, d.h. es muss weiter gehen. Jedoch, ein wenig mehr Respekt gegenüber ihm, als Trauernden, wäre schon angebracht gewesen. Sie könnten in gewisser Hinsicht erahnen, wie eng Yajaira und er sich verbunden gefühlt haben, sie sich Gedanken, Erlebnisse und Sorgen anvertrauten, wie zuvor nie geschehen.

„Nein, es wird mir nichts ausmachen, nein, wirklich nicht." Und nahm ein verschmitztes Lächeln auf Alicias Lippen wahr. Federico hatte sicherlich und hoffentlich andere diplomatische Fähigkeiten erlernt, aber Sr. Ernesto sprach ihm jedwedes Feingefühl ab. Alicia registrierte diese Gedanken und erfand einen Grund wie den des Kaufes einer Zeitung, um für wenige Minuten allein mit Sr. Ernesto zu sein. Federico trat ab.

„Ernesto, unsere Familie liebt dich, du hast Yajaira ins Leben zurück geholt. Wir alle bewundern dich, wie du das geschafft hast. Nun ist sie leider von uns gegangen, aber du bist noch da. Bitte bleibe bei uns, ja? Du wirst in zehn Stunden Minerva sehen, sie liebt dich noch immer.

Ihr tut es leid, damals so ohne ein Wort des Abschieds in die Staaten gegangen zu sein, aber sie war jung. Bitte sprich das Thema nicht an, si? Dann zu unserer Mutter: Das ist nun nach Vater der zweite Verlust in ihrer unmittelbaren Nähe. Bitte knuddel sie von mir. Du bekommst das schon hin."

Sie verlieh ihren Worten zusätzlich an Überzeugungskraft, als sie ihn zu sich zog und innigst küsste, sich jedoch rechtzeitig wieder von ihm trennte.

Federico kam mit der georderten Zeitung wieder, der Flug wurde aufgerufen, sie verabschiedeten sich. Ernesto nahm sein Gepäck und ging ein paar Schritte, hielt inne, drehte sich um und kam zu Alicia mit der Frage zurück:

„Sage mal, konnte Yajaira eigentlich schwimmen?"

„Nein, sie hasste Wasser und erst recht das Meer, das war allerdings vor deiner Zeit. Die Sicht reichte ihr, wie von eurem ersten Stock aus. Sicherlich hättest du ihr in der Karibik das Schwimmen beigebracht, sie hatte begonnen, das Meer zu mögen."

„Keine weiteren Fragen, Alicia!" erwiderte er, drehte sich um und verschwand in Richtung Passkontrolle.

Sinnigerweise ging der Flug über Bogota. Diese Tatsache ließ Sr. Ernesto den Herrn Bischoff mit der Pillenfirma erinnern und fragte sich, wie wohl der sehr gut bezahlte Job ausgesehen hätte. Seine Bar-Bekanntschaft in Punta Arenas hatte ja ganz genau das Berufsbild aufgezeichnet. Nein, den ganzen Tag im Sattel sitzen und blöden Schafen hinterher zu galoppieren, nein danke, nicht für Geld und gute Worte. Dort hätte er zwischen zwei Landeiern wählen können. Und nun blieb er bei Telefonanlagen abhörsicher in der Leitung hängen und brauchte keinen Kontaktspray zur weiblichen Gesellschaft, weil der Funke bereits vor Jahren übergesprungen war. Er war wirklich gespannt, was ihn in Caracas erwartete.

9. Kapitel

Die in ein Hochtal gebettete Stadt Santiago de Leon de los Caracas und Umgebung war ihm bestens vertraut, ebenso alle anderen, größeren venezolanischen Städte nebst entlegensten Landstrichen-, bis hin zur brasilianischen und kolumbianischen Grenze. Die Häfen kannte er alle, die Inseln Margarita und Los Roques, die exotischsten und einsamsten, mit Cocos-Palmen bestandene Strände.

Mit seinem Wagen war er über zweihunderttausend Kilometer durch Venezuela gefahren und hatte in den Jahren Verbindung zu sehr vielen Venezolanern, Deutschen, Österreichern, Schweizern, Griechen, zur griechisch-orthodoxen, deutschen evangelischen nebst katholischen Kirche, zu Repräsentanten deutscher Banken, zur Botschaft, zur Deutsch-Venezolanischen Handelskammer, zur Kriminal- und sogar Geheimpolizei usw. aufgebaut und gehalten.

Mit anderen Worten: Er hatte sich sehr wohl gefühlt, wollte aber wieder nach Europa, nachdem er seine Traumreise nach Feuerland in die Tat umgesetzt hätte. Nun jedoch hatten sich aber die Bedingungen recht dramatisch und drastisch geändert und eine starke Vorfreude auf ein Wiedersehen mit der Stadt, Freunden und Bekannten kam auf. Während des Fluges hatte er schon wieder begonnen, erst Selbst-, dann Zwiegespräche mit Yajaira im Gepäcknetz zu führen. Bevor er über dem Amazonasbecken einschlief konstatierte er: „Wenn ich all` das im Club erzähle.., aber in welchem?"

In Bogota verging die Transitzeit wie im Fluge, so auch sprichwörtlich der Hüpfer „um die Ecke" nach Caracas, verglichen mit den großen Entfernungen, die er bisher in den letzten Monaten, aber auch in den vergangenen drei Tagen bewältigt hatte.

Die Passkontrolle passierte Ernesto mit seinem neuen „Residente"-Visum und den Papieren für die Urne einwandfrei. Der Koffer erschien auf dem Band, er nahm ihn herunter, atmete tief durch und war bereit, seiner ehemaligen Freundin Minerva zu begegnen.

Er entdeckte sie schon von der bewachten Schiebetür aus, die Ankommende von den wartenden Abholern trennte. Wenige Meter noch und er war bei ihr. Sie umarmten und drückten sich, heulten und schluchzten vor Trauer und Freude gleichzeitig.

„Hola Ernesto," flüsterte sie ihm stockend ins Ohr. „Hola, mi amor," erwiderte er.

„Komm, wir gehen, bevor wir hier von Taschendieben ausgeraubt werden."

Sie verstauten die Gepäckstücke im Wagen und nahmen Platz, schauten sich an, Sr. Ernesto war es, der zuerst die Fassung wieder fand:

„Du siehst toll aus, Minerva, wunderhübsch, und immer noch ohne Schminke, bereit für Miss Venezuela" und erschrak über seine plötzliche Offenheit. Sie errötete leicht und gab ihm das Kompliment zurück, dass auch er, zwar mit Bart, aber doch gut aussähe.

„Mein Bart stört, dich, nicht wahr, Minerva? Ich schneide ihn ab, dann bin ich der, den du damals kennenlerntest."

„Oh ja."

„Weißt du, die Sache mit Yajaira, sie ist so furchtbar schlimm. Wir hatten solche tollen gemeinsamen Tage, wir wollten uns trennen, das wurde verhindert, wir schmiedeten Pläne und freuten uns auf ein baldiges Wiedersehen, um gemeinsam zu arbeiten und zu leben. Und dann verlässt sie mich und euch. Ich verstehe das alles noch nicht, d.h. ich will es wohl nicht begreifen. Und nun sehe ich dich, bin hin und weg, was soll ich bloß tun?"

Minerva beugte sich zu ihm, umarmte ihn und flüsterte ihm ins Ohr: „Ernesto, jetzt bin ich für dich da, wir schaffen das gemeinsam, da bin ich ganz sicher. Wir fahren jetzt hoch nach Caracas in meine Wohnung, ich habe alles für dich vorbereitet. Dann erholst du dich von der Reise und dann sehen wir weiter. Wir haben keine Eile."

Er dankte ihr für das Abholen und die aufbauenden Worte. Er bemerkte, wie aus dem Teenager eine reife junge Frau geworden war, souverän steuerte sie den Wagen auf der Autopista, schlängelte sich gekonnt durch den dichten Verkehr der Metropole und per Fernbedienung öffnete sie die Zufahrt zu dem Apartmenthaus, unter dem im Erdgeschoss die Parkplätze der Mieter untergebracht waren.

Der Lift brachte sie nach oben in die Wohnung, von der sie eine großen Teil der Stadt überschauen konnten.

„Bienvenido en mi casa! Deine Sachen stelle einfach hierhin, hier ist das Badezimmer, den Rest der Wohnung werde ich dir später zeigen. Sie zog ihn ins Bad, drückte ihn auf einen Schemel, zauberte eine Schere hervor und fragte höflichst, ob sie mit der Rasur beginnen dürfe. Er willigte ein. Sie hatte alle Utensilien parat, sie hatte einen elektrischen Trockenrasierer gekauft, der noch verpackt war und Rasierschaum nebst Nassrasierern, für den Fall, dass er diese Methode bevorzugte.

Er ließ es geschehen, er fühlte sich wieder sehr wohl in ihrer Nähe; die Prozedur ließ er nur allzu gern über sich ergehen. Er hielt lediglich ein Tuch, in das die Haare büschelweise fielen, während Minerva um ihn herum operierte. Es war ein wunderbares Gefühl und er regte sich nicht. Er wollte einfach nur genießen. Schließlich schäumte sie sein Gesicht ein, und begann mit diversen, permanent verstopfenden Klingen, die Feinarbeiten. Es schien, als sei das Werk vollbracht, denn sie nahm im das Tuch fort, spülte alle Instrumente, nahm einen Lappen mit heißem Wasser und rieb sein Gesicht vorsichtig ab. Sr. Ernesto fühlte sich wie neu. Er kam aber nicht dazu, sich sitzend an dieses Gefühl zu gewöhnen, als sie ihn zu sich hoch- und dann abwechselnd ihn und sich langsam auszog. Es war wie im Traum. Sie duschten gemeinsam, trockneten sich ab und sie führte ihn ins Schlafzimmer, wo sie ihn auf das Bett drückte, selbst noch mal verschwand, um mit einer Platte mit Käse-

und Wurstschnittchen zurückzukehren. Mit einem zweiten Gang in die Küche brachte sie eine Flasche Sekt und zwei Gläser und gesellte sich zu ihm auf die Fläche.

Er dachte eigentlich nur noch daran, die Augen zu schließen und zu schlafen. Es reichte heute an Eindrücken und die der letzten zehn Minuten überboten alles. Er öffnete behutsam die Flasche, füllte die Gläser, er küsste sie und dankte ihr, sie stießen an, knabberten ein paar Häppchen bis er ihr vorschlug, zu schlafen.

Sie löschten das Licht, schlüpften unter die Decke, schmiegten sich dicht an und schliefen eng umschlungen ein.

Irgendwann im Morgengrauen erwachte Sr. Ernesto, Minerva lag nun etwas von ihm entfernt nur halb zugedeckt, er streichelte ihren Busen und fühlte seine Ahnung bestätigt, dass sie tatsächlich noch mehr als Yajaira hatte. Ihn beschlich ein ungutes Gefühl. Während er den besten Service der Welt bekam und noch viel mehr hätte genießen dürfen, als er vermochte, steckte die Urne noch in seinem Gepäck. Und das war nicht fair, geradezu lieblos. Vorsichtig schlich er in den Flur, öffnete seinen Rucksack, wickelte vorsichtig die Urne aus seinem schützenden Pullover und stellte sie auf die Kommode neben der Badtür. Dort fand er Minervas Morgenmantel, der auch ihm passte aber nicht stand. Er begann das Gespräch mit Yajaira und erzählte ihr, was er alles erspähte, sah ein, dass sie bereits die Wohnung kannte, dann schwieg er wieder, setzte seinen Rundgang fort, um ihn am Bett zu beenden. Nun wandte er sich erneut an Yajaira:

„Bitte drücke jetzt beide Augen zu.“

Ernesto entledigte sich des Kimonos, legte sich neben Minerva und weckte sie streichelnder Weise.

Den Kaffee nahmen sie in der Badewanne ein. Während Ernesto die restlichen Schnittchen von gestern vertilgte, gab sich Minerva lediglich mit dem Kaffee zufrieden.

„Erinnerst du die Insel, Minerva, eure selbst verursachte Verbannung und unser erstes gemeinsames Frühstück? Wie geht es den beiden, die dich damals begleiteten?“

„Ja, erinnere ich alles, als wäre es gestern. Die beiden haben sich getrennt, leben und studieren jedoch in den Staaten. Damals saßen wir am Karibikstrand, heute in der Badewanne, ist doch auch toll, oder?“

„Ja, die Zeiten ändern sich, wann unternehmen wir einen Ausflug nach Cayo Sombrero?"

„Ich denke, wir müssen zunächst Großvater helfen, die Aufträge zu bewerkstelligen. Ich habe bereits Vorarbeiten in Richtung Kalkulation geleistet, aber es ist noch eine Menge zu tun. Dann werden wir uns um die Beisetzung Yajairas kümmern müssen, also Karibikstrände und Palmen sehe ich erst einmal in weite Ferne gerückt.

Nachher werden wir in die Firma fahren, dort wirst du Großvater und das Management kennenlernen. Dann werde ich dich allein lassen, um mit Großvater deinen Arbeitsvertrag zu diskutieren. Und wenn ihr euch geeinigt haben werdet, dann ist für heute Abend eine kleine Party geplant und morgen beginnt der Ernst des Lebens."

So wie es aussah, hatte die Arbeitswelt ihn wieder eingeholt. Und nach mehr als fünf Monaten Reise nach Patagonien und zurück freute er sich sehr auf die bevorstehende Aufgabe.

Epilog

In den frühen Morgenstunden des 21. April 1982 befand sich die „Bochum" noch über dem Atlantik mit Zielflughafen Frankfurt. Die Kabinenbesatzung hatte das Frühstück bereitet und begann mit dem Service. Verschlafen reagierten die Passagiere auf das Klappern und Klirren, so auch der Mann auf Platz 42 F, Sr. Ernesto. Nach dem Verkauf seines Wagens in La Paz hatte er der Vernunft gehorchend und in den noch ungelösten Fesseln s e i n e r Familie folgend nicht wie erwartet nach Rio sondern Frankfurt gebucht und um 05.00 h morgens des 20.4. den Lufthansa-Flug angetreten.

In einem der letzten Telefonate erfuhr er von der Taufe seiner Tochter, die für Anfang Mai nicht nur geplant, sondern auch ohne sein Einverständnis bereits organisiert war. Seine Anwesenheit war wohl mehr als nur wichtig, obwohl die Fremdbestimmung nicht dem patagonischen Freiheitsideal entsprach. Später erfuhr er, dass sein Schwiegervater diese Idee ausheckt hatte, um ihn zu einer beschleunigten Rückkehr mit eben diesem Grund zu bewegen. Als jener vier Wochen in La Guaira zu Besuch war, versuchte er sich in die Arbeitsweise seines Schwiegersohnes einzumischen. Damals konnte diese Handlung sofort und persönlich im Keim erstickt werden. Im Falle der anstehenden Taufe waren die Würfel nun gefallen. Also: Al mal tiempo buena cara!

Nach dem Start zog unter der „Bochum" die Königs-Kordillere vorbei. Dem Wunsch, das Cockpit zu besuchen, wurde entsprochen. Die Besatzung war für einen Monat für die Flüge Lima – La Paz und zurück eingesetzt. Dieses war ihr erster Flug. So ließen sich die beiden Piloten und der Bordingenieur die Landschaft erklären. Die Schilderungen über den Titi-Caca-See, Anden, die Urus, der Vulkan Misti bei Arequipa etc. wurden gern gehört, notiert und an die Passagiere weitergegeben. Vor der Landung notierte der Ingenieur noch den Namen und den Sitzplatz, um der nächsten Crew die kleinen und großen Dinge am Wegesrand auf der Strecke nach Bogota zeigen zu lassen, so auch wieder auf dem Abschnitt Bogota – San Juan.

Der Maracaibosee ließ Erinnerungen an die vielen Ausflüge durch Venezuela wachwerden, Catacumbo, die Anden, die Llanos, Orinoco, die Tepuis, Traumstrände usw.

Sr. Ernesto hatte einen winzigen Eindruck des amerikanischen Subkontinents bekommen. Während der Fahrt wuchs die Bewunderung für Humboldt, der weitaus strapaziöser universell das Gebiet erforscht hatte.

Beim Erreichen der Karibik ließ sich Sr. Ernesto dankend bei der aktuellen Cockpitbestzung entschuldigen. Letzte Einträge in das Tagebuch standen noch an und vor allem Schlaf, der ihm den Traum mit Rio und Caracas geliefert haben wird.

Stefan Asbeck
geb. 1954 in Hamburg, West-Deutschland,
Lt. d. R., Schifffahrtskaufmannsgehilfe,
Abteilungsleiter in Venezuela,
"Wohn-Jeeptour" von Caracas nach Feuerland,   ,
CEO in Hamburg und Düsseldorf,
seit 1986 selbständig in Athen, Zypern, Hamburg,
Rostock, San Diego, Wilmington, Erfinder,
1997 Ausbildung zum Berufspiloten

Zeitfracht Medien GmbH
Ferdinand-Jühlke-Straße 7
99095 Erfurt, Deutschland
produktsicherheit@kolibri360.de